曦 游记

换一套生活剧本，
演一场旅行电影

晨曦 著

湖南人民出版社

自序

我小时候，外公每次旅行回来都给我带些新奇的小玩意儿，拿着他的旅行照片、地图和我侃侃而谈。我至今记得他身上那种风尘仆仆的味道，也记得他每次谈起旅途种种时的神采奕奕和眉飞色舞。我总会觉得这时候的外公熟悉又陌生，好像是他又不是他，或许是因为每一段旅程都给了外公不一样的脸孔，赋予了他别样的气质。

而世界，也是在这个时候，在我面前悄悄打开了它的兔子洞。

探索世界的开始是 2009 年，我大四，21 岁。

彼时我在上海过着每天七小时奔走在招聘会上的生活，灰头土脸疲惫不堪，两个月的厮杀后我 PK 掉一同竞争的其他三位上海名校的实习生，拿到了梦寐以求的 4A 广告公司的offer。我本应该放声大笑，兴高采烈地去迎接我朝九晚五踩着高跟鞋化着精致妆容穿着合身套装的格子间生涯。然而，一个偶然的机会，朋友向我推荐了一个波兰的大学生实习项目。一边是一成不变循规蹈矩可以预见的未来，一边是充满未知的新鲜世界在向我招手。纠结了一个月，脑子里的两个小人儿你来我往斗争了许久，最后还是选择跳进属于我的那个兔子洞，去体验我的多面人生。

经过几轮面试后正式成为一名 AIESECer，踩起环球旅途的风火轮，轰轰烈烈地开始上演属于我的旅行电影。

聚光灯亮了，我的演出开始。

第一次跨国旅行，是与三位土耳其的实习生从波兰—斯洛伐克—匈牙利—奥地利—捷克一路走下去。我们一起做攻略，订车票，找青旅。旅途中真正体验了什么是悲欢离合，因为队友间的意见不同竟然闹掰各自分道扬镳，后来差点要去大使馆报失踪。那时候的我，青涩脸孔，懵懂眼神，像是一只初生的小鹿蹦跳着开始打量这个全新的世界。

此后每一次的旅行，探索世界的欲望都会愈加强烈，那些不同那些精彩牵动着每一根神经，一步一步地吸引着我去体验每种文化的撞击。走着走着，书架里的明信片越积越多，自己的内心也越来越丰富，姿态越来越从容。不知从哪一次旅行开始，我喜欢只买张单程机票，随遇而安地走走看看，享受随性随心的旅行带来的意外和惊喜，也让我更加从容地聆听旅途中的不同声音，感受老外眼中的中国。

2012 年，我 24 岁，放弃了安逸的生活和高薪的工作，决定赴西班牙攻读 MBA。

影响我作出这个决定的是我人生的导师陈朝益先生的一句话，他说，年轻人在 30 岁之前应该进行软投资，30 岁之后考虑硬投资。对于被限制在固定模式里生活了 3 年的我来说，"心有多大，舞台就有多大"的召唤从内心深处再次奏响。

在欧洲生活的一年多时间里，从来自近百个国家的同学和校友那感受不同背景环境下产生的世界观与价值观。旅行是一门大综合，它让我亲自触摸世界的每一种可能，也让我可以在不同的角色扮演中更深切地理解生活，去回首过去，融会现在，贯通未来。

2014 年，我 26 岁，从一名"海龟"变成了"创业女青年"。

这之后的两年间，我继续用不同的脸孔不同的姿态去面对、去感受这个世界。在旅途中我的身份也越来越多元，可以是记者，私访海地人贫民窟，遭遇多米尼加的妓女，剥开古巴公有制的秘密，让我深入探索第三世界国家，刷新对贫穷的定义；可以是勇士，在四千米高空纵身跃下，巴西圣保罗持枪抢劫，摩洛哥的疯狂敲诈，墨西哥城的出租车惊魂，中尼友谊公路的九九劫难，让我变得更加勇敢更加坚强；可以是斗士，在莫斯科机场被关小黑屋的淡定自若，在孟加拉机场维权到底的 54 小时谈判，对尼日利亚机场公开勒索的忍无可忍，在瑞典机场被辱后的绝地反击，让我变得更加机智更加从容更加百折不挠；可以是情感专家，在旅途中邂逅灵魂伴侣，目睹那些凌驾于宗教之上的爱情，聆听亚洲各国同学的婚姻观，让我重新审视爱情重新观照自己的内心。

最美好的年华里，走了 50 个国家近 200 座城池，我用最单纯的眼光、最纯净的心灵、最简朴的方式，去体验大千世界，领略万种风情。

朋友说：晨曦，你应该把你的旅途用文字记录下来，这是属于你的独特的闪耀时光，它值得被珍惜被怀念。2015 年 12 月，28 岁生日的那天，我在键盘上敲下了最后一个字，写完了这 7 年的听与思，50 国的见与结。

回想这些年走过的这些路，旅途就是一面可以照见世间万物的镜子，看得见风景，看得穿人世，也能看得懂自己的内心。

所以亲爱的们，躁起来吧，换一套生活剧本，演一场旅行电影，在旅途中披上生命里的华袍，做一回绝对的主角。

你是独一无二，也是无限可能！

旅途 让我体验
CHELSEE JOURNEY LET ME EXPERIENCE
世界大不同
DEIVERSITY

玛雅文明

哥斯达黎加的咖啡

古巴雪茄与朗姆酒

毕加

西

芭蕾艺术

艺术

印度教里的生死轮回

火腿、橄榄油、红酒

拜占庭的遗迹

环球旅途
CHELSEE JOURNEY

EXPLORE THE WORLD

2009年，爱沙尼亚实现举国免费Wi-Fi，那时我们的智能手机上网才刚刚开始普及

在波兰比亚韦斯托克坐热气球，会用烧一撮头发和被踢屁股来庆祝成功降落，而在土耳其的格雷梅用香槟来庆祝成功降落

2010年在丹麦从哥本哈根坐火车到科林，途中被告知这是无声车厢

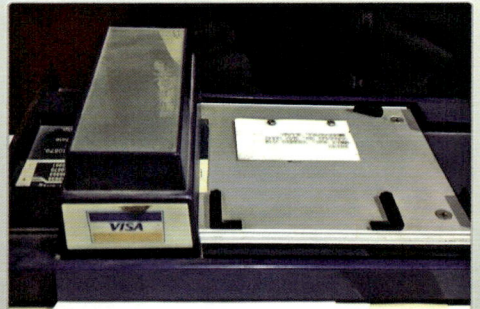

在尼泊尔加德满都，见到这辈子见过的最原始的信用卡支付机

在土耳其棉花堡的视觉冲击，45℃的高温下不同信仰对女士的着装有着不同要求

伦敦白金汉宫门前的一位年轻人，大冬天在街头用行为艺术做募捐

芬兰赫尔辛基的学生毕业典礼，全部学生穿校服去广场洗刷美人鱼雕像并畅饮

印度第一晚体验，住在有神龛的房间里，在烟雾缭绕中睡去。令人惊讶的是印度人不用厕纸，解手后用水冲洗

比利时布鲁塞尔的空中餐厅

宝莱坞版印度婚礼

一个基督徒与一个穆斯林的微电影

尼罗河畔 话基督徒在穆斯林社会的地位

旅途 让我感知
CHELSEE JOURNEY, LET ME MAKE DIFFERENCE BETWEEN
宗教与爱情
RELIGION AND RELATIONSHIP

旅途 让我重构
CHELSEE JOURNEY, LET ME REDEFINE
贫穷的定义
POVERTY

私访海地人贫民窟　制糖业奴隶的生活

孟买的贫与富　不用厕纸的开挂民族

解密红灯区　殖民主义的后续

一座城 两个世界

剥开公有制的秘密

旅途 让我聆听
CHELSEE JOURNEY LET ME REALIZE
不同的声音
DIFFERENTIATION

中国人的"印度印象"VS印度人的"中国印象"

卡佩尔桥畔
话亚洲女性的择偶观

兄弟国间的合纵与媒体论调

奇葩驴友奇葩说
对话纽约老顽童与新加坡奇女子

日内瓦湖"论剑"

印度年轻人的婚姻观

纽约老太的暮年生活

对话DBA癌症老友 学会淡然处世

旅途 让我变得
CHELSEE JOURNEY LET ME TO BE
勇敢与机智
BRAVE & WISDOM

4000米高空的纵身跃下

飞跃坎昆丛林

那些年的敲诈抢劫

- 圣保罗的持枪抢劫
- 马拉喀什的疯狂敲诈
- 公车遇匪
- 墨城出租车惊魂

五大机场的浴血奋战

- 莫斯科机场小黑屋插曲
- 达卡机场的54小时谈判
- 拉各斯机场的公开勒索
- 斯德哥尔摩机场被辱后的绝地反击
- 非洲黑黑中国行

以上故事均因事件过于危险，概无现场照片

旅途 让我学会
CHELSEE JOURNEY LET ME GET USED TO
自我沉淀
STEPBACK -> THINK -> OPTIONS -> PROCEED

独自漫步圣托里尼　祭奠逝去的爱情

SBC的中西婚礼　领略"次文化"

面对红海扪心自问
一定要灵魂伴侣吗?

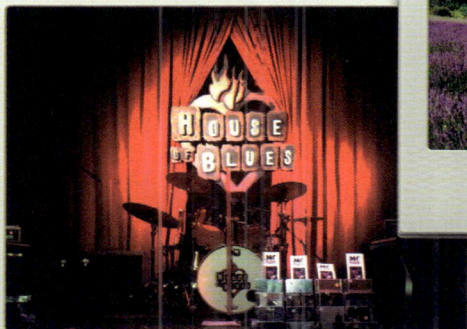
芝加哥的蓝调 让人心醉

从蔚蓝海岸到普罗旺斯
享受心灵释放的假期

"写给未来的自己"裂变效应

哥国梦：纯净生活

旅途 让我懂得
CHELSEE JOURNEY LET ME INSIST
追随我心
FOLLOW MY HEART

格拉纳达（西班牙）

少女峰（瑞士）

博卡拉（尼泊尔）

伊斯坦布尔（土耳其）

开罗（埃及）

We travel because we need to, because distance and difference are the secret tonic to creativity. When we get home, home is still the same, but something in our minds has changed, and that changes everything.

开启故事

美洲
AMERICA

目录
CONTENTS

曦游记 ✈

亚洲
ASIA

CHELSEE JOURNEY

这三年 都在国与国间跨年 -

纽约老太的暮年生活 -

大都会 or 大杂烩 -

向上生长的现代城市 VS 经久沉淀的古老遗迹 -

芝加哥的蓝调 让人心醉 -

美国 America

这三年
都在国与国间跨年

📍 **New York,America** // 40°43′00″N,74°00′00″W

今天是 2014 年 12 月 31 日，刷刷朋友圈都是各种年终总结。突然想到自己，这几年最后一天都在路上！

2012 年的最后一天，从葡萄牙法鲁好不容易找到一班回西班牙的大巴。12 点钟声敲响时，我在塞维利亚的广场 12 秒之内吃完了 12 颗葡萄，保佑来年平安，和意大利、德国、阿根廷的驴友们一起喝 tequila（龙舌兰酒）到凌晨 3 点。

2013 年的最后一天，我拉着 32 寸的行李箱从新德里飞往加德满都。晚十点半降落，简陋的机场有些衬不上这个宗教名都的"派头"。和一起飞过来的在印度开餐馆的韩国小哥，还有独闯印度的马来华裔小哥决定拼车，一番疯狂的砍价后，我们跳上出租车，于零点整到达泰米尔区。此时满街都是新年狂欢的酒鬼，堵得水泄不通，我们只能放弃出租车拉着大行李箱满街步行找酒店。而酒店的位置实际就在主街的后排，问了 10 个的士加 5 个三轮车夫居然都不知道，后来一个三轮车车夫不懂装懂，拉着我们仨大冬天的在大街上遛了一个半小时，最后还一脸无奈地说：我实在找不到，你们下车吧，我也不收钱了。我们只能去找华人旅馆寻求帮助，结果发现目的地就在眼皮子底下。还好有两个男生好心护送，让这个跨年夜多了些温

情。回房间的时候碰到几个意大利驴友，微笑着互道了一声 "Happy new year"，又让这个跨年夜多了些善意。躺在松软的床褥上，我总算松了口气，叫了瓶雪碧庆祝新年。

2014 年的最后一天，走在东西半球跨年的夹缝中，在从香港飞往纽约的航班上，会有怎么样的事情发生呢？

纽约老太的
暮年生活

⚲ New York,America   //   40°43'00"N,74°00'00"W

～～～～～～～～～～～～～

早些年来美国时，对多种族混合社区有种莫名的恐惧感，此行特地拜托在曼哈顿长大的朋友 Megan 当我的地陪。她把我安排在她的邻居——一个 80 多岁的香港老太太家暂住几天。一开始我还担忧老太太只会粤语，我们可能无法沟通。因为在洛杉矶和纽约的中国城里晃悠过，貌似清一色的广东人，粤语满天飞。

在纽约时间 12 月 31 日晚 11 点，我终于到达老太太家，老太太已经满头华发，精神倒是相当矍铄，比起我那也过八旬的老奶奶显得年轻许多。她异常热情，不厌其烦地教我水龙头怎么开，灯的开关在哪……

听老太太说她在 1980 年的时候就来了纽约，迄今已经有 35 年了。

估计她独居太久难得碰到小姑娘可以聊聊天，话匣子一开便滔滔不绝。在她这两居室里，充满着祖父辈那个年代的印记："福"字挂历，老掉牙的家具，还摆着粤语区信奉的"关二爷"。短短半小时的相处让我对这位老太太充满了各种好奇，她为什么 50 多岁才来纽约？丈夫呢？

子女呢？其他亲人呢？

可能因为时差的原医，新年第一天6点不到我便醒来。在等 Megan 来接我的空隙，我不经意间看到墙上贴满了纸条，五花八门什么都有，有2013年的住院出院证明，有护士和养老院的联系方式，最让人揪心的是一张用彩笔着重标注的纸条：

"如果我哪天不幸离世，请联系我香港的侄子 XX，我在纽约的公墓在 XX，请联系墓地经理 XX，电话是 XX……"

虽然与老太太加起来只取过不到1小时，但她应该是位充满人生故事且非常独立坚强的女性。从家里的情况来看，她或许是在中国城做一些药材买卖生意。

这些年，在曼谷、洛杉矶、纽约、曼彻斯特和马德里的中国城里，我随机地对话过一些第三代移民。大部分在唐人街讨生活的华裔都还保持着国人20世纪80年代的生活方式，开着中餐厅或者小杂货店，已经基本融入当地的社会。也正是这一批人让世界最先有了中国印象，熟悉了中餐的味道。没有他们的代代相传，就没有全世界诸多地方的中国城。

而今，我们的祖国正在变得强大。在纽约最繁华的时代广场，最高处的广告牌轮放着"新华通讯社""银联""格力"等中国的标识，旅行巴士上有"联想"的新款广告。最近还有印度同学问我："你们小米怎么可以在我们印度市场上卖得如此火爆？"巴西同学 Whatsapp 对我说："你们的华为手机还挺棒的！"西班牙同学说："你们中国人真有钱，把马德里的西班牙广场大楼都收购了。"新年的第一天，也祝愿中国品牌与中国形象可以越来越好。

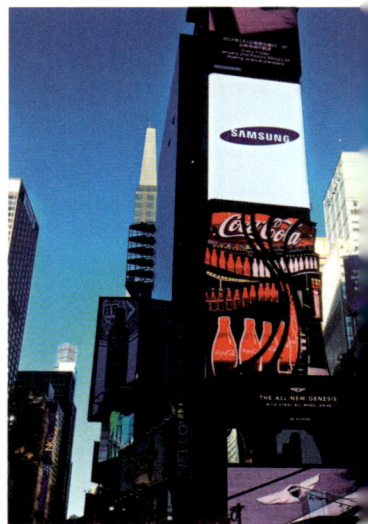

大都会
or
大杂烩

📍 **New York,America** // 40°43'00"N,74°00'00"W

~~~~~~~~~~~~~~~~~~~~~~~

　　几年前在纽约走马观花都没来得及搞清楚曼哈顿到底有多少条大道和多少条街，也没来得及去体验纽约著名的以 A 到 Z 字母开头的地铁。在 Megan 的带领与讲解下，我开始对这座城市有了不一样的理解。地铁站台里可以看到穿着传统黑风衣戴着黑帽的犹太人，地铁上有兜卖小玩具和演绎 Rap（说唱）的拉美小哥们，而时代广场的地铁出口处则站着一位卖艺的广东电子琴神童，中国城地铁站有华裔老大爷咿咿呀呀高唱京剧。

　　新年的纽约有点冷，登上帝国大厦，中央公园在蓝天的映衬下格外漂亮，像是一湾躺在钢筋丛林里的绿洲。从十九世纪二三十年代，曼哈顿开始大兴土木，建筑风格里处处映射出当年殖民宗主国的一些影子，如英国、荷兰、西班牙。不生活在这里很难体会这是一座什么风格的城市：有来自世界各个角落的风情，各自盛放又奇妙杂糅；这里开放包容，传递着公平和自由的理念，却又总在一些不经意的地方透出一种别扭。

　　我问 Megan："如果让你用一句话形容纽约这座城市，你会怎么说？"

　　"Melting City（大熔炉）。"

　　大都会还是大杂烩？文化、语言、宗教、肤色的融合与种族的相对独立，在这个国度完美地融合着。

　　当走到911遗址时，它的设计不禁让人思考诸多。电影《一生一世》的结局让我们意识到，恐怖袭击对于普通百姓是这样的不幸和不公平。但是同样的，对于阿富汗、伊拉克和利比亚那些在战火中艰难求生的平民百姓，他们也不是生来就该遭受如此的命运！

　　如果说逛欧洲，河流、城堡、教堂、市政厅和皇宫是主要看点，那曼哈顿除了广告牌、高楼、百货、迪斯尼人物、银行、地铁，就是去接触不同肤色的人，品尝各国的美食。自从看了《切·格瓦拉》这部人物传记电影，看到这位民族英雄在联合国会议上公开抗辩美国绑架拉美政治，我便非常好奇联合国是如何让这么多国家代表每天在一起讨论各种主题，可惜门票需要提前一个月预定，未能如愿，也给我未来的三品纽约之行留点念想。

向上生长的现代城市
VS
经久沉淀的古老遗迹

📍 Chicago,America // 41°50'13"N,87°41'05"W

芝加哥有个封号叫 "Windy city"（风城），果真名不虚传。1 月的密歇根湖已经开始结冰了，摩天大楼间飘着白茫茫的雪花，我只能待在游乐场里啃着芝加哥热狗看《霍比特人 3》。这是以高楼闻名的美国大都市，夜幕降临时走进 Hancock Center, 坐在 94 层的玻璃窗前俯瞰全城，美景尽收眼底。窗外灯火通明，车水马龙，雪花好像吸走了所有的声音，整个城市像一条小河在安安静静地流淌。

摩天大楼是否意味着蓬勃发展，古老遗迹是否代表着源远的文明；迅速的膨胀也许会因为走得过快过高显得空洞与干涩，长久的积淀与酝酿显得更加高雅与醇厚。

迪拜被称为 "Fake city"（虚假之城），因为成片的玻璃幕墙大楼在沙漠里互相映射着光与影，犹如一场海市蜃楼。虽有世界上的第一高楼和中东的金融中心之称，但除了这些标签还有什么被世人所惦念？法兰克福被定位为欧洲的金融中心，银行大楼鳞次栉比，大街上都是穿着西装提着公文包快速穿行的精英人群，又充满着多少人情温暖？中国的各大城市，

欧洲的银行中心：德国法兰克福

Fake city：阿联酋迪拜

摩天大楼的故乡：美国芝加哥

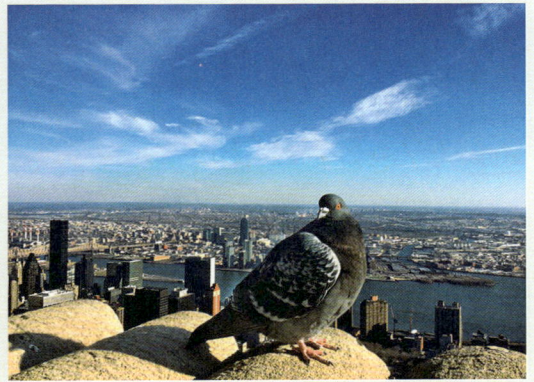

大熔炉：纽约曼哈顿

现代化的商业综合体与一簇簇的似曾相识的 CBD，不知道这些城市的原汁原味还能被未来的我们辨别出多少？

　　而走在伊斯坦布尔的索非亚博物馆，一座由东正教堂改建而来的清真寺就是对这座城池历史的最好诠释，她用艺术演绎了东罗马与奥斯曼这两个曾经无比辉煌的帝国之间的宗教更迭与文化相融。矗立在卢瓦河谷两畔的宫殿，传承了文艺复兴时期的艺术形式，砖墙上都是时间的味道。古堡里的"Hermes"（爱马仕）马具向世人证明，没有几代人的精工细作无法成就这享誉百年的世界品牌。

　　不同的年代演绎着不同定义的现代与古老。

芝加哥的蓝调
让人心醉

📍 Chicago,America // 41°50'13"N,87°41'05"W

已是深夜了，雪还在悠扬地飘洒，我找了一家原汁原味的芝加哥蓝调餐厅，想要感受一下这让人心醉的音乐。台上这些音乐人都是自由职业者，白天有自己的工作，因为对蓝调音乐的热爱每晚相聚在这里。没有几个城市能像芝加哥一样有如此博大深厚的蓝调底蕴，整个城市好像都在轻哼着曲调。

要上一杯鸡尾酒，让低沉迷人的音乐把耳朵和心灵叫醒，在异国他乡的深冬里感受空气里带着温度的音符，沉醉不知归路。

一些朋友常调侃我真潇洒，满世界游走，其实时间和盘缠挤挤总是都有的，一年的紧张工作之后，让自己可以在旅途的时间与空间里厘清自己，来年才能走得更远更稳。多年的单独旅行让我的生命旅程更加丰富，也让我自信快乐地一点点成长。

何况无数个早上很多人在享受懒觉的时候，我需要离开温暖的被窝，独自开几个小时的车

去最远的校区做宣讲会；当很多人在周末与伴侣享受美食与电影时，我和团队在卖力地开展异国风情沙龙；当好多个长假很多朋友开心出行疯狂晒朋友圈时，我可能在埋头奋战下阶段的办学计划。光鲜的背后永远有不为人知的艰辛和付出。我选择了做一个创客，承受这些压力与挑战，才换来了我追求自由和梦想，探索世界的机会。

这个年纪，《易经》曰：潜龙在渊。

墨西哥

Mexico

小镇家庭寄宿学西语
体验墨西哥三王节

◉ Guadalajara,Mexico // 20°40'00"N,103°21'01"W

从芝加哥折腾了十几个小时，我总算到达墨西哥第三大城市 Guadalajara（瓜达拉哈拉）。为了深度体验墨西哥文化，我报了一周的西班牙语课程，并且选择住在当地人的家里。虽然住宿条件相对简陋，但是房东很热情，不厌其烦地帮我练习好久不用的西语。

传闻中墨西哥抢劫和毒品横行，加上三年前在圣保罗被持枪抢劫后留下的阴影，人生第一次要求学校安排接机，上学第一天请求房东接送。后来发现是我多虑了，小城不仅安全还充满着艺术气息，街两旁都是不同类型的画廊和手工店。我用蹩脚的西语与这里的手工艺人交流，乐此不疲且受益颇丰！

第一天的西语课就让我体会到了墨式西语的特色。在西班牙西语里 "Tortilla" 是土豆加鸡蛋做成的饼，而墨西哥西语里的 "Tortilla" 是 Taco 的饼皮，就是 KFC 里墨西哥鸡肉卷的皮；我在马德里生活时讲得超级溜的一个词是 "Zumo de Naranja"（西语：橙汁），在这被活生生换成了 "Jugo de Naranja"（拉美西语：橙汁）。墨西哥老太太在课堂上不断调侃我："你这

是在墨西哥，只能讲拉美西语。"我只能为语言的多样性魅力而折服，回答老师："看来我在墨西哥只能买得到 Jugo 却买不到 Zumo 了！"班里的同学大笑不止。

　　这天也是天主教重要的节日三王节。因老墨曾是西班牙殖民地，所以老百姓也大多信奉天主教，三王节的庆祝在当地也特别隆重。西语学校的校长在课间还为我们这些来自四面八方的学生准备了一个大大的传统面包。因为是节假日，所以吃完全班都跑去市区凑热闹。鲜少有中国游客来到这里，我走在街上时难免会被路人多看几眼。在城市的大教堂前，民众排着长长的队伍等待着免费的节日面包和牛奶糊，路边还停着大大的 Tequila 车，广场中间聚集了很多城市高官，四处都站着扛步枪的女警。这个城市在墨西哥独立运动中起着重要作用，大部分建筑都是 16 世纪留下来的，随处都有西班牙殖民的影子。在批发市场可以看到和广州一些 A 货批发市场一样热闹的情景，除了 LV, 美国品牌 MK、Coach 被仿冒得最多，是因为经济地缘的关系吧。

在墨西哥一天通常分为五餐，作息和西班牙人差不多，下午五六点算是下午茶时间。墨西哥的 Taco 世界闻名，有很多不同的口味供选择。本以为这小城的古迹应该没什么特别，后来发现这里虽然没有卢浮宫的庞大与奢华，也没有维也纳各色主题博物馆的历史与专业，但却是用各种不同的素材与形式记录着拉美独立进程的地图，有拉美各国纸币拼成的革命场景的剪纸作品，有描述当时上流社会剥削工人的教堂壁画，有用当年各类热门报纸作画，或者涂改报纸上的一些句子用以讽刺社会的文章。

那天，我们还一起去了集市，到处都是 Taco 的味道和小贩此起彼伏的叫卖声。唯一有意思的是发现当地人喜欢用骷髅头和青蛙来做装饰品，后来才了解到他们根本不惧怕骷髅是与当地的撒旦文化有关。最想吐槽也最兴奋的是大家拿着啤酒一起去看 Area Colisioco(拳击赛秀)。各拳击手着相扑装扮，一排身姿婀娜的女郎出来举牌助兴，也有同性恋的拳击手跳着《江南 Style》喧闹出场。更让人吃惊的是观众们对台上那些耍猴般的搞笑低俗表演并不感兴趣，上下看台间扯开嗓子在唱歌对骂。因为坐在一楼的都是有钱人，而二楼的往往是中下层阶级，因此观众席的叫骂声不断回响在整个拳击馆，像 "Su puta madre"（西语：你妈是妓女），真是太让人难忘的墨式风俗体验。

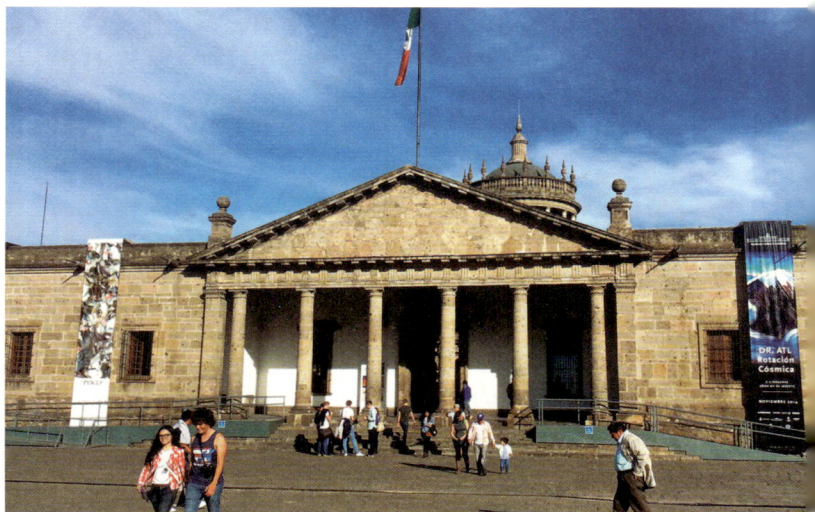

奇葩驴友奇葩说
对话纽约老顽童与新加坡奇女子

📍 **Guadalajara,Mexico** // 20°40'00"N,103°21'01"W

Steve 和 Peter 是我在西语的课堂里碰到的最年长且最有意思的同学。一次老师让我们集体去一个商店买饮料做场景对话，结果两个老头用各种夸张可爱的姿势逗得大家直乐，不得不让我联想到《神雕侠侣》里面的老顽童周伯通。后来得知两位六旬老伯是纽约大学戏剧表演系的教授，两人竟然还是高中同学，此行一起来墨西哥度假。课间休息时我与这两位正统的纽约人天马行空地聊起来。

"你们如何描述纽约这个国际大都市的前世今生？"

"爱尔兰人被我们称为土豆家族，犹太人也是最初来纽约的种群，他们从社会的最底层一

步一步地努力推动着这个城市的发展，后来意大利人来了……现在美国的纽约和波士顿等城市人口、资源和机会已经趋于饱和，而正在崛起的加州和德州拥有更强的经济实力，当然加州非常缺水也缺其他资源，会是一个大考验……"

"美国人怎么看墨西哥？"

"大部分美国人已经形成一种惯性思维，自认为是来自一个非常强大的国家，觉得其他国家都低一个层级，当然这几年这种观念也开始慢慢改变。你看，就像我们60岁了也需要学习，因为世界变化太快了。比如你就让我感觉中国新生代的力量！"

只有亲自接触当地的文化、聆听一段历史，对话当地人的生活，才能更客观地去看待一座城一段历史。探索世界的多样化，体验不同的元素，令人变得更加平和，学会尊重与包容。

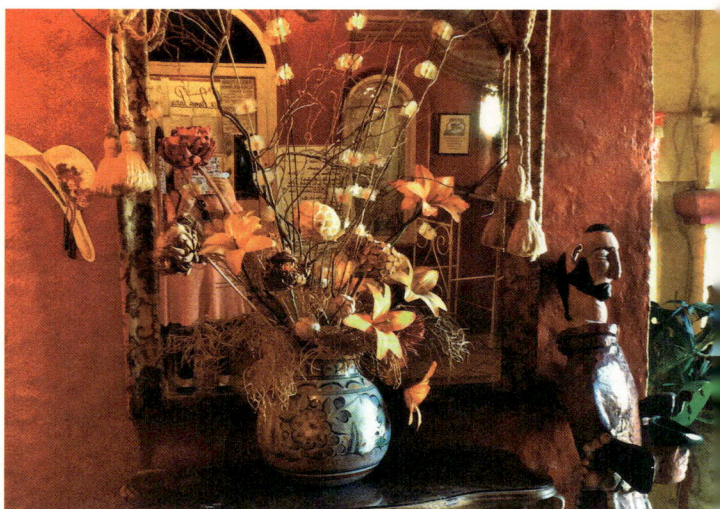

墨西哥最大湖泊查帕拉湖边上有一个叫 Ajijic（阿西西）的小镇，这里安宁静谧，色彩斑斓，充满着艺术气息：建筑物的墙上都是各式各样的彩绘涂鸦，骄傲地向人展示着这座小镇的品位与魅力。虽然没有瑞士的碧水青山，更没有圣托里尼的蓝色格调，却是很多加拿大和美国退役军人的心头好。

因老顽童同学的盛情邀请，我去了这辈子见过的最漂亮的餐厅。虽然它看起来只是一座普通的小楼，但是很多小细节却惊艳到了我们。绚丽的颜色在这里完美糅合，各种独特的摆件讲述着一段历史或者一个故事，精美的小食满足了我们每一个人的味蕾。喝下一杯 Tequila，墨西哥式热情奔放的音乐在耳畔舞动，把自己泡在午后火辣的阳光里，开始有些微醺的睡意。

艺术是需要用心去营造，用时间去积淀的。

在小镇读书的最后一天，我们集体翘了最后一节课，邀请老师在咖啡厅一起吃早餐。我这才发现同班还有个来自新加坡的神奇女子 Wei。她 36 岁，13 个月周游了 60 个国家，已经出版了一本书叫《Seeing The World》。书里讲述她一个人从蒙古坐火车到圣彼得堡，再一路

从约旦、以色列、埃及、肯尼亚到莫桑比克的漫漫旅途。见过祖胸露乳的土著，上过没有车只有驴子的非洲小岛，还有在非洲某小国被欺骗丢掉手机，最后闹到上法庭花了一个月才解决的奇葩经历。让我记忆最深刻的是，这位新加坡旅行女作家与一些司机之间例行式的对话。

"Are you married?"

If no, "Do you want to marry with me ?"

If yes, "Why you travel alone ? Where are your husband and kid ? Why don't you wear the ring? " "Are you virgin ?"

人的一生都在认知和学习，旅途真的是一本百科全书。

公车遇匪

📍 **Guadalajara,Mexico** // 20°40'00"N,103°21'01"W

~~~~~~~~~~~~~~~~~~~~~~~

　　每个城市的体验总是不时添点惊喜或惊吓，在 Guadalajara 参观完当地有 40 多年历史的西语学校后，我出发前往郊外的大巴客运中心。先是上错了公交，不过碰到个好心的公交司机，特意载我到要去的那个站牌。更让人意外的是，这位司机觉得他碰上了千载难逢的机会可以展示下他的英语（据我所知，当地年轻人会说英文的很少，学校里一周也只安排几小时的英语课）。在路口等红绿灯时，他特地招呼路边的小贩，买了一袋黑乎乎的东西送给我。当我心怀感激地打开时，一看竟然是炸蝗虫加青柠檬，立刻把袋子扔回给他，连说 Lo Siento（西语：对不起）。人家一番好意请我吃当地美食，我的反应难免有些失礼。不料他瞬间拿起一粒蝗虫往嘴里塞，向我证明非常好吃。

　　更有意思的是，到了公交站牌等车时我遇见了贼。先是有一个人给我指哪路公交以转移我的注意力，另一个穿着脏兮兮的衣服脸也没擦干净的大叔就负责紧跟我身后。那一刻，我的直觉告诉我：不对劲，好像有人盯上我了。不过因为等车的人很多，我还要忙着和司机确认是否坐对车，也没完全顾上后面的人，但看见坐前面几排的老太太异样地看着我，嘴里还唠叨着

什么。我灵机一动就故意让獐兮兮的人走前面，此时他反而不上车了，我更印证了自己的怀疑。待我上车后，老太太们忙指手划脚示意我检查下背包，我狡黠地笑笑说："Yo soy lista，muchas bolsas(西语 : 还好我聪明，包了好几层)。" 老太太冲着我点赞。

新的车站在郊外，让人好奇的是当地的大巴分三六九等，且之间的差价比国内的高铁与绿皮车的差距还大。因为考虑墨西哥是个安全系数略低的国度，我挑了最安全舒适的大巴，票价都和机票差不多了。但还是见识了一把奢华大巴：全程免费 WIFI，这可往往是在北欧这种发达国家才有的福利：可完全放平的真皮座位，比起国内高端奔驰大巴好太多；电视和餐饮一应俱全，很有点坐飞机头等舱的感觉。500 公里 6 小时的车程约人民币 380 元的票价，值得拥有。

没有客运火车的国度

📍 **Mexico City,Mexico** // 19°24'38"N,99°07'50"W

~~~~~~~~~~~~~~~~~~~~~~~~~

　　墨西哥被西班牙殖民了 300 多年,因而墨西哥城(以下简称墨城)大部分老建筑都是西班牙的风格。对于在欧洲生活过的人来说,在墨城看教堂和市政厅就和吃墨西哥鸡肉卷一样,随处可见且大同小异。如果让只来此体验一周的我给墨城印象标些关键词的话,那就是"二手车众多"。到处都是老款甲壳虫,后来得知是因为当年全球的甲壳虫只在墨西哥的工厂生产。街道上无处不在的警察与店面里的持枪保安,至少让我的胆子稍大了点。而小贩唱戏般的叫卖被我称作"墨式曲调"。

　　"三六九等的大巴"想必是因为墨西哥是个没有客运火车的国度,才能成就了客车服务业的欣欣向荣。一个汽车北站至少有 50 多家巴士公司。更神奇的是车站售票处大厅正中间还放着一尊很大的耶稣像,我只能说天主教已经深入了墨城的骨髓。这也是具有浓厚艺术气息的国度,流行艺术博物馆陈列着太多让人震撼的作品,街头却脏乱不堪,随处可见蓬头垢面的乞丐。这座山城有 2000 多万人口,穿梭在人山人海中,我的神经每一刻都紧绷着,因为它还不如只有 600 万人口的 Guadalajara 小城更让人感到和谐。

　　在墨西哥城郊区,是成片的贫民窟,回到城里四处可见日本产业 (7—11 便捷超市) 和现代化的连锁商场。平房的墙壁上大多画满了涂鸦,五颜六色的图画不时撞进你的视线。Pemex(派墨斯)垄断了这个国家的石油行业,一般汽油 6.5 元 / 升,优质的 7.5 元 / 升。出租车需要砍价,

如果是个谈判高手,50 元能从城北到城南穿梭 1 小时；如果任人宰割，几分钟的车程就会被要上 50 元。而且墨城司机大都略疯狂，开车速度够拉风，看到警察才系安全带，但又很耐心很热情地和我聊天，是帮我练习西语的好老师。墨城的一些机动车道在每周日的早 6 点到晚 12 点只给自行车开放，说是政府为了鼓励全民健身多长点肌肉。出租车司机还和我一路比划说越来越多中国公司进驻墨城，比如华为。

司机大叔还问我墨城消费是不是很便宜？公交车 6peso（比索）约合人民币 2.5 元，出租车 19peso 起价约合 8.8 元，一根大玉米棒在景区卖 15peso 约合 7 元。

经济学上都说麦当劳的汉堡王价格是一价定律的指标，不知道星巴克指数是否也能奏效。这里的 Cappuccino(卡布奇诺) 小杯只售 38peso 约合 17 元，比中国内地要便宜。总的来看物价差不多，但是基础设施与老百姓穿着比起国人还是略落后。

一个基督徒与一个穆斯林的微电影

◉ Mexico City,Mexico // 19°24'38"N,99°07'50"W

~~~~~~~~~~~~~~~~~~~~~~~

坐在天台，面对蓝天映衬下的老城广场，喝着 Tequila,伴着优雅情歌，微风掠过发梢，轻拂心间。不经意间得知：他下个月办婚礼，是父母安排的婚姻。虽然知道这一天迟早会来，但不可否认，那一刻心情有点灰色。

在美好的年纪，我们曾经相遇相惜，因为明知道不管如何都不会有结局，我们选择了淡淡地相处。一起复习功课，压力大了一起去吃冰淇淋......世间的美好总是太匆匆，因而被深刻地贮存在记忆里。

人，能否在一定的时间空间里
可以活出最里层的自我，自在，自然？
纵使世界很大
每个人还是活在自己熟悉的圈子里
人生伴侣亦大多来自同学，发小或朋友
每个人都在寻求一种认同感
又渴望一种相偎相依

毕业一年后在墨城与 C 姐相见，听她讲这一年里与 A 哥波澜起伏的爱情故事。C 姐和 A 哥都是我的研究生同学，一个是来自中东某国的有为青年，一个是我们班里的大姐大，因非常爷们的个性被我们称为 "Mexicana Queen"（墨西哥女王）。在创业管理学课上，因为 C 姐和 A 哥都喜欢食品这个行业而被分配到了一个小组，碰巧这个小组作业是战线最长的，持续了整整 5 个月，且科目权重最大，所以大家都非常用心。为了做好项目陈述，他们还合作拍摄了一个微电影且分别担任男女主角，上演了一场荷尔蒙弥漫的爱情戏码。

可能就因为那次的合作，他们渐生情愫。他为了离她更 "近" 学会了喝酒，要知道他可是虔诚的穆斯林，在斋月哪怕一天要花 15 小时的精力去念书都要坚持斋戒；而她是无论再怎么忙每个周日必去教堂祷告的虔诚天主教徒。一个来自相对保守的中东国家，一个来自以热情奔放闻名的拉美国家，这一路的磕磕碰碰如人饮水，冷暖也只有他们知道。

毕业了，他们都回到了各自的国家从事着不同的职业，生活也回归读书前的样子。对于他们来说，这既是解脱又是煎熬。半年前他曾特地飞来墨城，对她说：我们重新开始吧，我不想因为亲朋的感受而忽略自己的内心。而她心情沉重地默然不答。之后，他们决定这辈子不再往来，其中，我也不知发生了什么 ……

复杂的感情世界里
每个人在不确定的年纪有过些许不同的尝试
这样的人生才更显丰富
一个忠实的天主教徒和一个虔诚的穆斯林
从相恋到离别是在提醒我们
人都是活在现实的戏居里而非一切纯美的童话里
爱情
无非在可感受到对方温度的距离里
看得到彼此的忧伤与快乐
不离不弃地相互守候直到白发苍苍

墨城出租车惊魂

📍 **Mexico City,Mexico** // 19°24'38"N,99°07'50"W

～～～～～～～～～～～

这是发生在从墨西哥城国际机场前往墨西哥城汽车站路上的一段惊心动魄的故事,写这段话的时候心情挺复杂,概括为"no zuo no die"（不作死就不会死）。

从 2 年前开始,每次出国旅行基本只买一张单程票,然后边走边看边打算,因为这样才能有很多额外的惊喜。但对于持中国护照去拉美,以后还是需要更多的风险控制。对于签证,除了古巴可以在第三国买旅行卡,几个没与中国建交的中美小国可以凭美签入境,像哥伦比亚、秘鲁和阿根廷这些大国都是不能在第三国申请,必须得回到中国办理签证。坑爹的还有古巴航空,这个航空公司还不能在线购票,必须到他们市中心的办公室当面出示信用卡购票。想着这样实在太麻烦,不如直接去机场碰运气,看能否直接买到票飞去古巴。

结果到了墨西哥城国际机场,大部分人都不会说英语。机场大厅里只有五花八门的外币兑换柜台,找遍整个机场都没有常见的航空公司售票处。后来被告知只能去办登机牌的柜台买票。古巴航空在整个航站楼就两个柜台而且还在角落,每天就一班飞机且到周五都没票了。我只能拉着行李准备去汽车站随机应变了。因为偷懒我没去的士站排队打车，在机场外拦了一辆正规出租车，虽然司机要价比酒店说的贵了15%，心想我这是老外的脸就得付老外的价，看在要价也不算太过分，忍忍就算了。

谁知刚上车，司机就边开车边发短信。我让他专心开车，但他还是继续拿着手机编辑短信，后来想想当时他可能是在问他同伴该不该对我这个老外下手吧！车开到一半路程左右，这位只会西语的司机开始和我说："Pagar, pagar！"相信我这辈子都会记得这西语词的意思：给钱。上车时讲好的100比索，结果这家伙现在开始要："Dinero, 500peso。"（西语：钱，500比索）我猜他在敲诈，但假装完全听不懂，他开始蹦出："Money."（钱）我这下才彻底清醒，这是遇到墨城闻名的出租车司机抢钱了，只是没想到他们大白天都敢出手。

等他持续"Pagar, pagar"了5分钟后，我比划着手势表示希望停车，我可以叫人翻译他说什么。其实我是想找人求救，我看到有车开过来就打开车窗喊Perdon（打搅了），估计这个司机也是"新手"，他开始有些慌了，但还是冲我继续喊着"Money, money"，我想认命了算了，就拿了200比索给他，然后比划着说没钱了。结果这家伙还不满意继续"Pagar,pagar"，幸运的是那一刻我看到前面有警察，就开始大声用西语问他："Cien peso,si?"（西语：100比索，对吧?）然后狠狠地把另外100比索纸币从他手里抽回来。不过他也很聪明，把我扔在离警察几百米的地方让我下车。

我打开车门后，故意先不关副驾驶座的门，赶紧打开后排座的门匆忙拿出我的行李箱，飞一样地跑到警察旁边，眼泪哗哗全下来了。本身在墨西哥吃鸡肉卷已经坏肚子两天了，再加上感冒，还被司机这么一吓，百毁的委屈让几位警察无奈了，以为我出什么大事了。加上我一紧张，用西语就更解释不清楚了。警察联系了10分钟才叫来个会说英语的非洲籍行李工来翻译，最后确认我没事才让我签字走人。

话说司机真是一个城市的第一张面孔，同时行李生也惹不得。在芝加哥凌晨打车去机场，因为口袋里没零钱了，小费没给足，司机粗鲁地将我的行李咣当一声摔冰上，新行李箱活生生地被摔成了三瘸子。刚到墨城的第一晚，我排队等坐出租车时，以为行李工是出租车公司工作人员，因为我是在汽车站窗口统一买票坐的出租车。行李工把我那10公斤都不到的16寸行李箱提上仅1米之外的后备箱，就向本姑娘索要20比索（约合人民币10元），这简直是把游客当牛宰。我看车站人多所以也不太害怕，就比手划脚地解释我本不需要他搬，且他开始也没说要收钱。后来行李工叫他们头来堵我逼我给钱，还好那司机老头看到外国女孩独行就帮我解了围。后来去酒店的一路，老头和我说他喜欢成龙和李小龙，我只能笑笑，再一次解释：中国人一般都是不会功夫的......

如果说欧洲的旅行是休闲人文之旅，那么拉美国家则是体验生活为主，胆战心惊为辅，意外惊喜为礼。

走进玛雅文明

Teotihuacán / Palenque / Chichan itza,Mexico

　　拉美的三大文明除了发源于秘鲁的印加文明，始于公元前的玛雅文明和始于公元 1400 年左右的阿兹特克文明都主要分布在墨西哥。在拉美最大的人类学博物馆里，可以从人类起源看到中美洲的人类进化和传统宗教习俗。博物馆大门外持续展示着某一传统祭祀的仪式，暂且叫他"空中飞人"。在没有系安全带的情况下，四个年轻男人爬到柱子顶端，再用绳子拴住身体倒挂旋转直下，飞行过程中身体还需保持张开状态。其中一位祭师手敲着乐器，唱着听不懂的古老祭歌，估计是祈祷来年国泰民安吧！

　　阿兹特克文明中心唯一的万神殿伫立在墨西哥城的大教堂旁，在 15 世纪被毁于一旦。在墨城不远的 Teotihuacán（特奥蒂瓦坎古城）有号称世界第二大金字塔的日月神庙，也是阿兹特克文明巅峰的标志，建筑体积比埃及金字塔还大，但这不是陵墓，而是由有着近 2000 年历史的石头堆砌成的日月祭坛，其阶梯数和日历相关。金字塔前的大道称为死亡大道，当年，不

知道有多少人在这条路上被送往祭祀的神殿，走向死亡。

　　相信当年《2012》上映之后，很多朋友都想对玛雅预言的源头一探究竟。在经历了墨西哥城出租车惊魂后，胆战心惊的我坐上了大巴，历时 14 小时终于到达了位于墨西哥与危地马拉边界的玛雅文明之地——Palenque（帕伦克），这里到处是丛林和马场，时而乌云密布时而万里晴空。

　　玛雅文明遗迹遍布中南美，这次是如此近距离地接触这个公元 6 世纪的遗址。当时这个城镇有 8000 人之多，这座城的玛雅人相信人类的循环来自地下。地下又分九层，由九个神守护。社会等级分为贵族与普通人，贵族血统必须世袭，做一些统领的事务，而普通人一般服务于军队或从事下等人做的事。唯一能改变他们身份的机会是在部落间的战争中建功才能出人头地，后代才可以此改变血统尊卑。蛇在玛雅的图腾中象征普通人，而祭师戴鸟类的头饰，且玛雅人经常用人血祭祀。

　　探索玛雅文明当然不能错过尤卡坦半岛的玛雅城 Chichan Itza（奇琴伊察），它是迄今为止发现规模最大的一个玛雅遗址，据推测在鼎盛时期这座城市住了有 8 万余人，城池的发展维持到了 11 世纪。在 1000 年以前这座城市有 13 个运动场，而祭坛旁那个规模最大的运动场两边墙上刻满了浮雕，上面描绘着运动员们穿着装备，每队有 13 位队员，用胸脯顶着三四千克重的球。玛雅文明没有王朝之说，都是在相对的一个区域内，有个首领来负责观天象和分配事务。当然部落之间也经常有冲突，城墙外有一面浮雕是满墙的骷髅头，应该是某个首领在炫耀他们的战利品吧。城市的四周遍布着洞穴，地势最低的那个洞穴有个水潭，是祭祀时厾来堆放人头用的。偶尔有蜥蜴从水里爬上岸边小憩，像是穿越了千年的时光。

　　一圈逛下来听到很多导游介绍玛雅太阳历。玛雅人的太阳庙基本有四面，每面有两排各 9 个台阶，共 18 个。玛雅的进位制不是 10，而是手指头和脚趾头加起来的 20，所以 20 乘 18 就是 360。下面 8 个台阶每层有三处凹陷，最上层有两处，所以是 3 乘以 8 加 2 等于 26，这个数字是说明祭祀周期的计算……听起来实在有些烧脑，只觉得玛雅人的手指头和脚趾头好忙。

　　玛雅文明最先进的科技之一就是观星象，那时的天文台最上面有 8 个窗户，因为尤卡坦半岛在赤道上，所以只有在每年的 3 月 21 日和 9 月 21 日那两天，太阳光能够直射其中两个窗户，且那两天太阳庙也会出现奇特影像，台阶的阴影会呈蛇形，也是古时统治者神话其力量的一个重要手段。每年 6 月 21 日和 12 月 21 日，太阳光可以斜射到另外两个窗户。同时玛雅人还懂得用水当作镜子来反射的原理，而这些知识只能是上流社会的人才有机会和权利掌握。

　　玛雅文明的观星和数学都比较发达，我在想，这可能与玛雅人居住在赤道上有关吧，因为东西对称容易找规律。

　　我问导游："现在还有纯种玛雅人嘛？"
　　他摇摇头说："都已经混血很多代人了。"
　　他反问："你觉得玛雅文化与中国文化差别大嘛？"
　　"玛雅人刻在石头上的浮雕花式，以及对'土地爷'和'阎王爷'的信奉与祭拜，跟中国

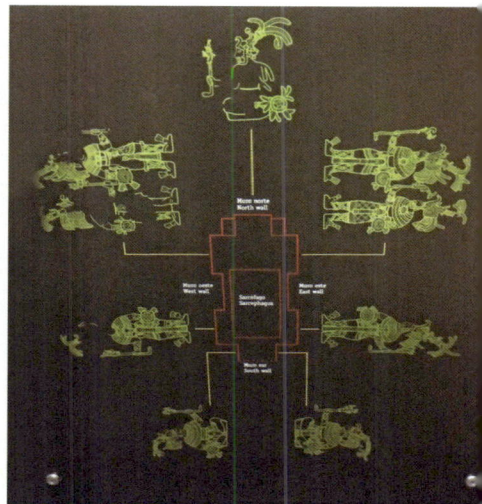

的传统文化有相近之处。"

　　导游最开始以为我完全不懂西语，一直对着阿根廷和委内瑞拉游客开中国人玩笑。最后问我："Can you speak English?"我答道："No hablo ni español ni ingles（西语：英语和西语都不会说）。"

飞跃坎昆丛林

📍 Cancún,Mexico // 21°09'38"N 86°50'51"W

〜〜〜〜〜〜〜〜〜〜〜〜〜〜〜〜〜〜

　　坎昆是位于墨西哥最东端的海滨城市，可以说是专为土豪造的。面临加勒比海 99% 的沙滩几乎被各家高档酒店瓜分了，只有仅剩的几百米沙滩是对公众开放的，酒店一晚的住宿费至少都在 1000 元人民币以上。沿海岸线里面是一个非常大的潟湖，被各游艇会、高尔夫球场、高级餐厅与商场占据。这里是欧美人的度假胜地，因而美金和欧元可以正常流通。

　　短暂的海滨假日结束后我准备赶往下一站，结果又一次把闹钟的 AM（上午）设成了 PM（下午），错过了飞去古巴的早班机！这种愚蠢的失误今年已经发生 2 次，都为自己感到汗颜。为了弥补改签的损失去吃比较经济的中餐，碰上了来自广东台山的老板娘。他们夫妇之前在中南美另一个叫伯利兹的小国开餐馆，还入了那边国籍。那个小国曾是中国公民最难进入的国家之一，签证费用高达数千美元。因为伯利兹人都把中餐厅当成酒馆，服务员还需要陪酒，两夫妇就辗转来到这消费甚高且美金通行的坎昆，令她欣慰的是墨西哥人比伯利兹人工作略勤奋点，但比起中国人还是非常懒。上西语课的老师曾和我们抱怨，说墨西哥就业很大问题是临时合同的合法性，临时合同就是短期的合同，公司所承担的福利等义务就偏少。其实西班牙也是有临时合同的这项规定，这类法律存在的结果就是企业偏向签临时合同来降低自己的用工风险和用

工成本，一般性的工作岗位按周付工资。一周 6 天工作日，每天上班 8 小时，最低 900 比索 / 周约合人民币 400 元，和国内工资水平相当。弥补了一点改签的经济成本后，还得考虑找点计划外的娱乐项目来填补时间成本，于是我决定花血本去体验原生态的探险主题公园。

路上碰到两个加州来的黑妞驴友。

黑妞 A: 墨西哥的物价与生活质量不成正比，服务业组织性差效率低，除了特别好的酒店和餐厅会比较专业外，就连航空公司的服务也让人跌破眼镜，比如古巴航空的在线网站 5 年前就不能在线购买，但是 5 年后的现在还是没有任何改变。

黑妞 B: 我们在墨西哥城机场转机，办登机的速度慢得要死，且不顾乘客的起飞时间已经迫在眉睫了，让我们活生生误了飞机。而且我们每人还被要求再付 400 美金去改机票。

所以服务业的发达也体现一个城市的水准，像瑞士的法律规定，旅游区酒店不允许在前台额外介绍旅行社，且所有旅行信息必须对住客透明公开，游客区的超市物品也不会涨价。

不知不觉中我们到了目的地，虽然在国内旅行也参观过很多溶洞，但这是我第一次在原生

态的溶洞里面又划船又开越野车，还可以直接去触摸那些如玉般的乳石。游客被要求进溶洞时不能涂抹精油等，以免化学物质带进溶洞产生某些化学反应。

那一晚，我还尝试了人生中第一次的丛林飞跃，而且是在拉美最高的丛林飞跃 (zipper line) 连续练胆 7 次。我们走上塔台，看着一些勇敢的人刚系好安全带就一溜烟地飞走了，一些胆小的人犹豫了 5 分钟还是胆怯地卸下装备，还有一些被同行好友突然推出去换来一声尖叫。更令人感觉到没有退路的是，8 个塔台是环环相扣，若开始了第一个就没有回头路，只能咬牙完成所有的环节。最后一个环节是从塔台的绳索下来后需要穿越火圈再进入溶洞的池底。

黑妞 A 说自己恐高，徘徊许久还是卸下了装备和我说再见。我足足做了 10 分钟的心理建设，默默地在心里说：豁出去了 反正不死人，别给自己留遗憾。当我沿着绳索滑出，破开夏日清凉的风，在原始森林的高空，享受漫天星空下的自由飞翔，觉得这一刻自己好像拥有了全世界。

生活中若总是犹豫不决，或许一眨眼就错过了这辈子最优美的风景。到了这个年纪，有时随遇而安不要想太多，只管勇敢向前迈步可能会更幸福！

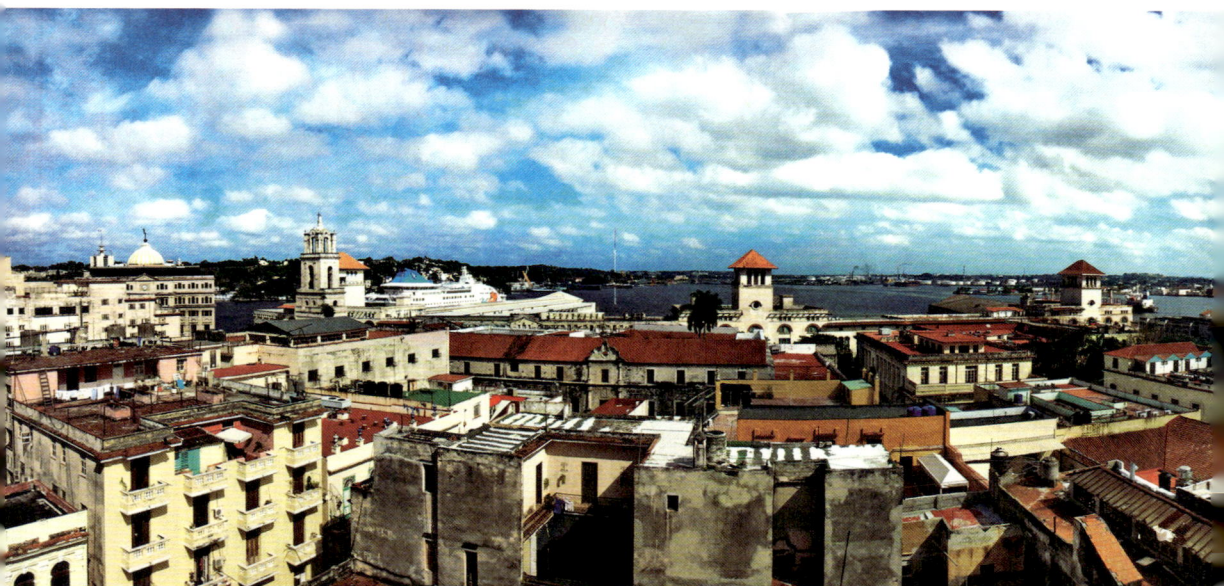

没落的贵族 -

剥开公有制的秘密 -

热辣的古巴式求婚 -

古巴雪茄与朗姆酒 -

古巴 "夜上海" -

Cuba

古巴

没落的贵族

📍 **Havana,Cuba** // 23°08'00"N,82°23'18"W

〰〰〰〰〰〰〰

　　抵达哈瓦那入关的时候，入境处竟然问我是否去过非洲，当时暗想莫非古巴还和非洲国家有仇，后来才反应过来是因为埃博拉。我特地让入境处的美女在我护照仅剩的空白页上敲了个古巴入境章，还送了句"Me Gusta！"（西语：我喜欢）因为很多游客怕护照上有古巴入境章会影响美国签证，个人认为没这么严重，美国对古巴都已经解禁个人旅游了。更意外的是还没出安检已经有一些接机的人在等待，出了安检只有公家的旅行咨询处。古巴政府允许当地人开家庭旅馆，这种拿到政府批文并需上缴一定税收的家庭旅馆叫 CASA。一出机场我就跑去询问处，和接待咨询的老头商量能否给个 CASA 折扣，他说："你们的钱都上交公家的。"最后还是看在这个中国姑娘对他们的民族英雄切·格瓦拉一腔热情，给打了 8 折。

　　订完 CASA 搭上了他们所谓的公家出租车，全是韩国现代。刚出机场不远，出租车司机就被哨站的警察叫下车，开始和我解释说，警察朋友和他打下招呼。后来又一次被拦下后，在我再三追问下司机才老老实实说，警察让他交过路费，还反问我，难道中国就没有这样的吗？一路上他还告诉我，这里私家车很少，一部老爷车要 10 万元人民币，而当地汽油 15 元人民币/升。

老百姓的薪水平均 300 元人民币一个月，政府还会给一点补助金和粮券。他还很奇怪地问，你们中国不是社会主义国家吗，为什么上学看病还要钱？热情的司机师傅还不停地和我说，这里的人离婚好几次很正常，自己的第一任妻子就是华裔，他们还有个混血孩子，中国和委内瑞拉都是古巴的好朋友，云云。因为古巴与加拿大长久的友好外交关系，在古巴加元可以按正常汇率兑换，而美金兑换需要额外付 10% 税收。国家之间的外交关系也可以从汇率、航班的频繁度和价格、签证政策等来反映。

进了老城，顿时觉得这里犹如美国大片里那种废弃已久的城市，没比贫民窟好很多，后来得知这还是在中国城门口，议会大厦的后门，所谓的黄金地段。我开始都不敢下的士，司机师傅一再强调哈瓦那很安全没有任何问题，我心里的那块石头才犹犹豫豫地落了地。

落脚 CASA 后，经房东推荐来到了国会大厦对面一家历史悠久的餐厅，服务生个个能说流利英语，一切都充满着老式情调，仿佛 20 世纪 30 年代的上海滩。钢琴曲婉转悠扬，优雅里充斥着感伤。闭目坐在老式躺椅上，让人不禁想象这个国家曾经的辉煌与今日的萧条，像是一位没落的贵族。这里的人们物质上可能并不富裕，上一次这样的高栏餐厅可能花掉几十或百来块人民币，等于他们一个星期的工资，但是他们脸上看不到太多被生活折磨的困窘和沮丧，反而都是朝气与阳光。又想起在街边看到这里的巴士在到站后，司机会站在车门边亲自扶每位乘客下车，老派绅士的风度真是浸润到了古巴人的血液里。

快要烧尽的蜡烛闪动着些许光影，百年餐厅的 logo 若隐若现，从一杯 Jugo de Cubana Tropical（西语：古巴热带水果汁）开始美妙的古巴大餐，看着门外寂静而老旧的大街，对这里的历史与现在充满了好奇。

剥开公有制的秘密

📍 Havana,Cuba // 23°08′00″N,82°23′18″W

～～～～～～～～～～～～～～～～～～～

　　走在哈瓦那湾，不时收到飞吻，让人感受到古巴人民的热情和友好。街上时而滑过一辆超级奢华的老爷的士，一切都有别样风情。在滨海大道偶遇一对移居温哥华的上海夫妇，在 40 岁的年纪辞去了外企工作选择去另外一个国家生活，只为更加悠闲和自由地看世界。他们一直对我说，人活得开心最重要。中国的中年一代也开始在传统与现代的夹缝中重新站位？

　　CASA 这家人很热情，还和我友好地交换了两国的货币留作纪念。女主人硕士毕业后在医药公司工作，十年前辞职在家靠经营家庭旅馆为生，能说一些英语。我问她："古巴人如何看待社会主义？"她坦诚地说："古巴好的地方，比如这个城市很平和没暴力，医疗教育都免费（一直强调），就是经济太差。"我好奇地问她儿子："你的智能手机没有网络有什么用？"他笑笑答道只能用线下的 APP，还和我说发条短信要五毛钱，打电话两块钱一分钟（中国移动在古巴打回中国也才 3 元一分钟，但是上网要 51 元 / MB）。后来还得知只有外国人的家里可以申请网络，当地人家里的电脑只能收发邮件，高档酒店里的网络差不多停留在 1G 时代，而且有些限时开放。

　　因为住的 CASA 就在唐人街正门口，晚上出于安全考虑就让 CASA 的小主人陪同当保镖去趟中国城。这帅哥 18 岁长得的确俊俏，头戴索尼音乐耳机，手拿三星智能手机，颈上一圈金项链，衣着时尚。如果不告诉我他是古巴人，我绝对相信他是美国人，因为他外在的打扮和美国的年轻人没有太大区别。我偷偷问他："你最喜欢的国家是哪里？"他有些不好意思，在我的再三追问下才回答道："是美国，还有意大利。" 我又问："你喜欢现在的政府吗？" 他打了个 más or menos(西语：马马虎虎) 的手势。

到了中国城后，发现只有一家中餐馆的厨师是真正的上海厨子，经营了有近 20 年，其他中餐馆都是古巴人掌勺。在等炒饭的时候，看上海师傅拿着 iPhone5, 觉得应该是个蛮时尚的中年人，就想听他讲讲关于哈瓦那的故事。他说在 1959 年革命前哈瓦那才是真正的美国后花园，后来两国关系破裂后才有了拉斯维加斯的繁荣。当年哈瓦那的中国人就有十几万，整个美洲除了纽约没有哪儿比哈瓦那的华人更多了。后来革命了，很多有钱有条件的主都逃到了美国、加拿大和其他拉美国家，剩下的都是没条件离开的一些人，现在活着的也有八九十岁了，目前古巴仅剩 300 名左右中国人。

我说这里中国游客不多，这家伙开始有点古巴人的自豪感了，说道："中国人富起来也就十几二十年，大部分人旅游会选择欧美发达国家，还不到这个层次来探索古巴，不像欧洲人来这里是听故事看历史的，一些中国游客来这吃饭就会和我抱怨古巴到处是没窗户的破房子……"

他意犹未尽地说："其实很多东西需要通过眼睛发现再去思考，这里曾经富有过，但是现在的政府没钱。" 还反问我："你觉得古巴人很穷吗？" 我说："今天在老城碰到百来号学生在

集体参观博物馆，看他们脚上的运动鞋，有耐克、纽巴伦、特步，虽然不知道是不是 A 货。很多孩子也穿名牌用智能手机。国有银行的工作人员个个戴着金闪闪的手表首饰，还做了当下时尚的美甲穿着蕾丝网袜，绝对没有很多朋友想象中那么贫苦。" 他说："古巴人 iPhone6 Plus 都在抢着买，而且在古巴人人都是自己的老板。"我很好奇这个说法，他被我再三追问才答道："商店里所谓公家的物品是卖不动的，因为那些经理有自己的渠道拿货，同样的东西同样的价格，销售的都是私人的货物，只需要向政府交税，而且政府也知道这些，只是睁一只眼闭一只眼，所以现在的古巴也不缺有钱人。古巴是个基本没有工业的国家，主要靠旅游业作为经济支撑，所以能搭上服务业的都能挣钱，教育医疗又都免费，坐一个月公交车都用不到 1 美金。"

古巴的旅游卡等同于落地签，且没有限制入境天数，反正游客享受着欧元区的物价水平和打七折的服务质量，因而也不担心游客会久留。在 CASA 还碰到来自韩国的夫妇住客，60 岁左右，上来就是一口中文，还会些英文和西语，后来得知他们都是小学老师，因为假期比较多，已经连续二十多年出国旅行，去了六大洲六十多个国家。他们介绍自己来自春川，说那是《冬季恋歌》的拍摄地，很多中国人去那旅游。我也顺便表示下《蓝色生死恋》陪伴我度过了中学时代，各种描述大爱宋慧乔，结果他们却没听懂我说的是谁，关键时刻我拿钢琴软件弹了一首片尾曲，老太太立马懂了，大赞我。

　　不知不觉我们聊到了北朝鲜的话题，我问："韩国的老百姓希望南北朝鲜统一吗？"他说："现在韩国的很多 NGO（非政府组织）都在帮助北朝鲜，希望两国和平统一，毕竟大家是本源。但也有很多人希望两国永远独立，政客才会更好地去经营两国的外交关系。因为哪怕统一，两国间的融合也需要 20 年甚至更长，且两国的权力层都不希望归属对方。"比起北朝鲜对老百姓封锁外面世界的信息，古巴至少对世界是开放的，这里有电视、收音机、邮件和来自世界的游客。

　　诸多西方媒体都在渲染古巴人民吃不饱，然而进了 CASA 的厨房，LG 的双门冰箱，电饭煲和微波炉，榨汁机和咖啡机一应俱全。更让人大开眼界的是他们居然用雪茄祭拜耶稣（一支雪茄平均 100 元人民币）......

　　只有自己用眼去观察，用心去感受和思考，才能更客观地认知这个世界。

热辣的古巴式求婚

📍 Havana,Cuba // 23°08′00″N,82°23′18″W

~~~~~~

坐在老城的一家餐厅，听着路边吉他手弹奏的古巴情歌，回忆起一年多前在圣托里尼的心情，那时面前是湛蓝的爱琴海，耳畔流淌的是轻盈的钢琴曲。而此时在彰显着当年高雅与奢华的没落老城，支付着与欧元等值的 CUC（古巴可兑换比索，类似外汇券，和美元绑定），享受当地老百姓不可企及的上等待遇。

有时候，这里的一些美好会让你以为置身于欧洲的某些老城，忘记你其实是在古巴。而当你开始了解这里就会发现这是一个多么有自己个性的国家：没有网络的日常生活，长满野草的老房子，随处可见的古巴革命书籍（比如切•格瓦拉打游击战时的革命日记）与革命领袖头像，还有对中国人满腔热情的古巴人民，耳边时不时响起"Chinita Bonita"（西语：漂亮中国小姑娘）"你好"，大街上的旅游大巴也是清一色中国政府资助的宇通品牌。

在老城的修道院广场一角，遇上了由德国大使馆主办的环球熊绘展，近 200 只小熊被绘上每个国家各具风情的颜色与图案，再被送往全世界巡回展览，让各国的小朋友了解世界的多样性。碰到一群古巴小孩站在代表中国的绘熊前拍照，看到我兴奋地打招呼："China,Mejor！"（西语：中国，很棒！）然后开心地要求和我合影。

古巴的三轮电力车和人力脚踏车前面都挂着TAXI，绚丽的
老爷车更是有钱人的TAXI，原来出租车也可以有如此多的形态。

在海岸边竟然碰到一堆司机直接上来搭讪："Beauty China, do you want to marry (with) me ? I love you, my lady."

对"古巴女人非常渴望能与中国男人结婚，因为这样就能把她带离古巴"早有耳闻，莫非古巴男人也希望与我到中国去？一般而言，亚洲女性在拉美没那么受欢迎，因为我们的身材曲线不够前凸后翘，可是几个男人一直对我紧追不放，让我对这点产生了怀疑。最后我无奈地走向旁边的警察希望他帮忙解围，结果警察笑着说他们没问题，让我无需紧张。

古巴雪茄与朗姆酒

📍 Viñales,Cuba // 22°36'55"N,83°42'57"W

如果说古巴有几个耳熟能详的关键词,不外乎"共产主义""卡斯特罗""雪茄"和"朗姆酒",参观昂贵雪茄的制作过程必在行程之列。雪茄、朗姆酒和制糖业都是古巴比较知名的支柱产业。雪茄分为工业化生产与农民自家生产两类。当然他们所谓的工业化生产就是招几十个工人进行培训,工厂里有条简单的流水生产线。若按当下中国制造业的标准来说,这里的雪茄工厂顶多也只能算是个家庭作坊。

一路上我们走访了农民自家种植的烟草园,参观了烟草叶自然晾干发酵的草棚,老农还向我们现场演示了雪茄制作的过程。首先,他们会把很小的烟草种子洒在河边,因为烟草需要水分才能成长,待它长到 30cm 左右高的时候,再被移回到农户自己的红土地上。过几个月后,烟草叶就能长得郁郁葱葱了。老农们收割完烟草叶后,在自己的草棚里晾干,让其自然发酵,等叶子变软变韧后再抽掉叶茎。把加工好的叶子叠放在一起卷成烟卷,再借助一把小刀把卷好的烟卷两头多余的部分切掉,一根古巴雪茄就基本制作完成了。

雪茄工厂与老农们的雪茄作坊制作流程类同。老农说,政府会把雪茄的生产外包给他们,他们也为政府打工。每年雪茄产值的 10% 归个人所有,90% 上交政府,如果遇上热带风暴国家会承担全部损失。

在古巴这样的经济体制下,老农无需承担任何风险,还能够得到 10% 的佣金,听起来也还算是不错的买卖。

比起老农的雪茄家庭作坊，工业化的雪茄生产车间则有确定的标准，比如流水线的工人需要经过 8 个月的专业训练，且一天需要达到一定产量才能上岗。这里也实行多劳多得的激励机制，采用计件薪酬系统。烟草叶卷成烟卷后还需要做质量检验，检测里面的空气量是否在 70%—80% 这个区间，以免消费者点火时把火苗抽到嘴里。工厂的每个车间里都安装了摄像头，估计是怕员工私自偷雪茄出去卖给游客，毕竟一支好的雪茄市场售价在 50 元到 300 元人民币不等，相比他们人均 300 元人民币每月的薪资水平，这个诱惑力是巨大的，在工厂周边也确实看到很多贩私烟的地方。

想起在哈瓦那的街头，印象最深的是那些头戴白色大帽的非洲裔老妇，坐在路边叼着一根雪茄在兜售手工艺品，这幅场景就像儿时在油画里看到的一样，有种古典的味道。

在哈瓦那参观朗姆酒博物馆时，得知古巴当年辉煌的甘蔗产业都是靠非洲奴隶的廉价劳动力振兴起来的。从朗姆酒厂的模型来看，当年制酒业应该是如日中天，一车一车的甘蔗被运往

炼糖厂炼出糖分，再用高温燃烧将糖分里的某种化学物质提炼出来，也就是朗姆酒的关键原材料，然后加入类似橄榄的黑色植物来调剂朗姆酒的味道。朗姆酒有不同的口感和味道，有略甜和略呛的。作为鸡尾酒必备的调酒品之一，朗姆酒还是非常值得去品味下。

回想起海地人每天在烈日下的甘蔗林工作 14 个小时只能得到 6 美金，而几十年陈酿的朗姆酒竟然要 2000 美金一瓶，让人不禁有点唏嘘。

在朗姆酒工厂的车间里，"社会主义好"的宣传文字随处可见，一股"红色"的气息扑面而来，让人不禁联想到 20 世纪五六十年代的中国。

古巴"夜上海"

📍 Havana,Cuba // 23°07'00"N,82°23'18"W

〰〰〰〰〰〰〰〰〰〰〰〰〰〰〰

　　走进哈瓦那老城，居民区里挂着繁杂的老式电线，犹如蛛网一般。老百姓穿着异常朴素，很多人拎着破烂的手提包，手里却拿着一本书正在阅读，虽然清贫但是格调不低。路过当年海明威呆过的小酒馆，突然想到绍兴小酒馆里孔乙己的茴香豆……很少的商店可以刷信用卡，比起尼泊尔用压卡器来做信用卡支付这里还算先进，也不至于每天间歇性停电。

　　因为古巴的公共交通系统不算发达，很多地方甚至没有站牌，预定大巴票要提前很久，所以外国游客一般都只能选择参加旅行团来游览古巴，好处就是可以跟着旅行团把古巴各种类型的酒店看个遍。一圈逛下来发现这里完全不缺高档酒店，除了古巴国家酒店还有西班牙知名的NH连锁酒店集团。

　　从老城进入都是外企驻地的高档社区，一座座小洋房都是各国大使馆，沿海岸线矗立着一幢幢玻璃幕墙的新建筑，最令人关注的是为过两天即将到来的美国大使准备的宅邸。路过一片森林公园区，被告知那是总统卡斯特罗的住处，里面还有很多接待外宾的高档别墅。看着手戴

金手表金戒指的导游还算友善，我问："你觉得共产主义体制如何？"他遮遮掩掩答道："共产主义只是完美理想，实践起来不现实。现在古巴私有化的进程刚刚开始，比如出租车和旅游业就开始允许私人经营，还有高档的私人餐厅，十年后应该会有更多的行业允许私有化。宇通汽车是国有资产，但是盈利会留成一部分归私人。在古巴，权力越高层，贪污也越多。"后来我还偷偷找了个空隙向他求证中国城那个老华侨说的很多中饱私囊的事情，他默默地点头。

古巴，美国曾经的后花园，奢华的国家酒店很有点民国时候夜上海的风情，不同肤色的演员穿着异常华丽的服装，婀娜多姿地上演着不同风格的歌舞秀。歌舞升平的喧嚣里，点一杯鸡尾酒，在灯红酒绿里如痴如醉，萌生离别前的留恋。

　　在国家酒店看完秀赶去机场，服务生竟然热情地帮我叫了私家车，在再三确定安全的情况下我才犹犹豫豫上了车。在半路又被警察拦下盘问了有 5 分钟，我知道司机肯定被交马路钱了，司机则说只是查驾照。

　　我追问："早两天公家出租车也被要钱了，你真的没给钱？"

　　小哥这才说："一般给 5—10CUC。"而半小时的车程我付他25CUC,1 美金只能换 0.9CUC。

　　"那你 25CUC 上交多少给政府？"

　　"15% 是交给政府的税，剩下收入归自己，当然汽油费用也是自己负责。"

　　"比起一般老百姓每月平均 300 元人民币的工资，你的收入水平肯定算高的。"

　　"那是会好一些。"

没有星巴克的中美小国 -

哥国梦：纯净生活 -

最会下雨国家的有机咖啡 -

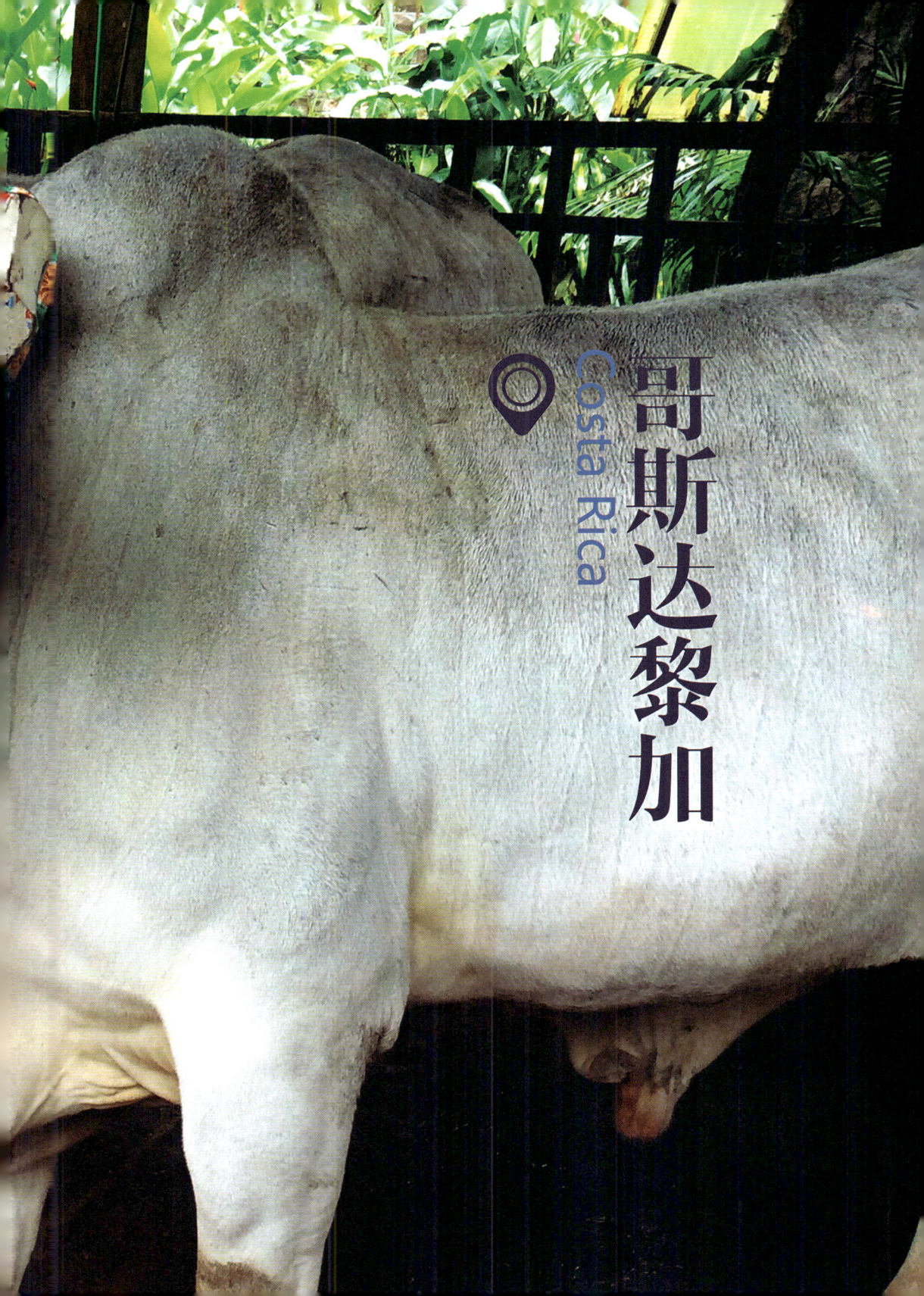

没有星巴克的中美小国

📍 San José,Costa Rica / Panama City,Panama

对哥斯达黎加（以下简称哥国）这个小国特有的亲切感，是源于读书时的室友来自这个只有 400 多万人口的中美小国，且哥国也是整个中美仅有的几个与中国建交的国家之一。

可能很多朋友都不知道哥国在何方，他与巴拿马、尼加拉瓜为邻国，有太平洋与加勒比海两道海岸线，位于热带。"Costa Rica"在西语里意为漂亮富足的海滩。这个国家基本被丛林覆盖，其中 30% 的绿地受国家保护，只有 5% 在保持原生态的前提下可允许私人开发。

从巴拿马城到哥国首都圣何塞的公路长达 800 公里，巴拿马境内的大巴又快又干净还有空调，哥国境内的大巴发车迟了 45 分钟不说，且没有空调只能享受自然风，500 公里的路竟然从早上开到了傍晚，中途还停歇了 7 回，很是让人郁闷。

邻国巴拿马经济更发达，城市建设也更现代化，巴拿马运河为这个国家贡献了大部分GDP，可想而知运河背后的利益之大，也难怪美国控制了巴拿马运河近百年。运河入口处有辐射整个中美洲贸易的科隆免税区，这里的贫富差距也是触目惊心，经商的大部分是阿拉伯人和犹太人，还有部分中国人和印度人，少数的哥伦比亚和委内瑞拉人，这些人大都住在离海边不远的别墅区和高档公寓。而开车驶出富人区后，五分钟的路程就到了贫民区，人潮涌动的街道里充满了不安全感，道路两旁的贫民窟里几乎都是没有窗和灯的房子。当年挖运河时动用了很多非洲奴隶，还有中国等国的劳动力，他们的后代都在科隆这片土地上繁衍生息。

到达哥斯达黎加与巴拿马的边境时已是凌晨 3 点，因为早上 6 点才能过边检，我和三位边

境警察开始闲聊，打发等待过境的漫长时间。我们相谈甚欢，我还送了三块人民币给他们做纪念。到了 6 点边检开门时，他们让我排在了三辆大巴之前过境，还抢着要和我合影留念。

当司机提醒我们已经到达哥国首都汽车总站的时候，我惊呆了，因为这看上去就是个乡下地方。下车后，我就急忙开始搜寻 WIFI 订酒店，找了一圈餐厅和咖啡吧，好不容易问到个麦当劳有 WIFI，最后买了汉堡才发现网络连接失败。无奈之下再去询问哪里有星巴克，被路人告知举国都还没有，我那颗心顿时有种拔凉拔凉的感觉。在巴哥边境碰到的日本驴友开始安慰我："我出来了 1 年用了 20000 美金游了拉美、中东和非洲 25 个国家，只有 5 个国家有星巴克，所以你不要太惊讶，哈哈！"原来一个国家有无星巴克进驻，也是衡量该国生活水平的重要指标之一。我问他："你的朋友像你这样出来一走一年的多吗？"他说："日本年轻人里面差不多有 3% 吧！"

当麦当劳的汉堡都能成为旅途难得的奢侈消费，也只有年轻时闯世界才能这样勇敢无畏，去尽情享受探知世界的美好，青春的乐趣就在于无尽的折腾。

哥国梦：纯净生活

📍 **San José,Costa Rica** // 09°55'38"N,84°04'55"W

~~~~~~~~~~~~~~~~~~~~~~~~~~~~~~~~~~

别看哥国国土面积小，物价却比邻国巴拿马贵，在小店吃顿最简单的饭也要花掉 50 元人民币。这个国家只有警察没有军队，不禁让我想起当年瑞士同学开的一个玩笑：

"你们瑞士有军舰嘛？"

"哈哈，我们只有海警，因为日内瓦湖三分之一属于法国，若我们停个军舰，一不小心就要开到人家海域了。"

"那瑞士到处都是高山峻岭，为什么能够成为世界上最富有的国家之一？"

"因为我们在两次世界大战都是中立国，才换来了百年的平稳发展。"

对于一些领土面积较小的国家，中立原则也是保全国土安全的战略之一。同时，瑞士在发展细分市场的业务上也走出了自己的路径，比如对私人财富的"差异化"管理方式让瑞士的银行业全球领先，因为税收优惠让卢森堡成为跨国公司欧洲代表处的首选之地。

哥国基建虽不算发达，但是整个国家给人的感觉是有序且服务专业。哥国子民从小都是英西双语教学，也是拉美难得的多数老百姓会说英语的国家。导游强调说，在哥国想持有导游资格证必须学习地理、历史、动植物学和多国语言，且每年要考试并有能力回答游客提问。虽然在哥国一天的旅行团费没有低于 100 美金的，但是花得开心，因为它物有所值：专业的讲解、热情的服务，还没有烦人的推销。如此规范或许因为旅游业是这个国家的重中之重，且主要客户来自欧美？

中国最近在大力提倡"中国梦"，而哥国的国家口号是"PURA VIDA"（西语：纯净生活），种植咖啡的土壤是用吃咖啡渣的蠕虫生产的粪便作为有机肥，靠活火山热气发电的电站，纸币上印刷的不是常规的领导人头像而是哥国特有的各种热带动物。哥国已把"纯净生活"的理念深入到社会生活的每个行业，每个细节。

诗人往往在如画的风景里诗兴大发，而我陶醉在美丽的大自然中重新找寻人生的意义。不知为何在过去一年的创业时间里，矛盾的心情一直萦绕在心头。对于我的创业项目，家人与诸多朋友都不看好，因为他们觉得产品的市场容量小，且项目回报低，连我自己都觉得何苦进入这个吃力不讨好且鸡蛋里挑骨头的行业。一年如此费尽心力地奋斗，经历了多少曲折难熬，无数次想放弃，欠下各种人情后财务报表不忍直视。但是"PURA VIDA"让我感悟，过去的我一直没有寻找到喜欢这份事业的理由，只是用刚学会的一套项目运营思路来做一个创业课的课后作业。因为没有融入，所以谈不上倾心，只能算倾力吧！

回归创业的初衷，它对我人生的意义是什么？它对社会的意义是什么？就像哥斯达黎加向全世界游客展示的"纯净生活"的理念，那么我也可以推广一种"学习外语，更好地行走世界"的学习理念。语言是一个交流工具，它必不可少，但是想要深入了解新兴事物，若没有足够的地理、历史、政治、经济与文化知识，就无法深入领略语言的魅力，更无法体会深度交流的快乐。我创办的西语培训学校里的大部分学生总觉得交了学费，上几个月的课程就可以掌握一门语言。且这种急功近利的心态是学习一门语

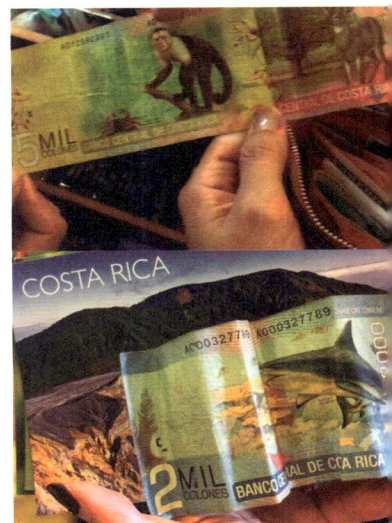

言的大忌。

我的创业想法目标太单一，没有真正地去融入语言与文化的魅力。如果让我给那些想迫切将产品推广到拉美的学生们写《孙子兵法》的话，得先来说说射击场的故事。语言好比手枪，若想直击红心，那么必须知道靶场在哪，长什么样，哪些因素会影响子弹的走向，再者射击手还需考虑如何握好手枪，如何瞄准，何时扣靶。那么拉美的人文风情就是那只靶，政治经济的走势就是靶场的风向，商务谈判和市场战略等就是如何瞄准的孙子兵法。这是一个循序渐进的融入过程，所谓的知己知彼方能百战不殆。

"PURA VIDA"让我学会思考和回归万事万物的本源，就像在2013年的一个社会企业责任(CSR)的论坛上，欧莱雅集团社会企业责任部的总监说他们今年的CSR项目是给居住在巴西里约热内卢贫民窟里有意向开美发沙龙的妇女们发放小额贷款，并预支欧莱雅旗下的染发和洗发产品，而里约热内卢的贫民窟可是毒品与抢劫的代名词。这是曾在公益圈混迹一年的我听到的最好的创意。

一个优秀的企业是在保持一定的利润并能够可持续发展的情况下有一定的创新，并对社会做出一定的贡献。而企业的社会责任并不是只有捐助物资一条路径，如若能结合企业自身的优势来回报社会，带动一个地区或者一个产业的发展，给一些人提供改变命运的机会，帮助他们成长，这才是真正的CSR。

最会下雨国家的
有机咖啡

San José,Costa Rica // 09°55'38"N,84°04'55"W

出生于习惯喝茶的国度的我，一直不太懂喝咖啡。因为在学校打瞌睡最多最大胆而被冠名过 "Sleepy Beauty"（睡美人），于是开始每天固定喝两三杯咖啡，最后喝着喝着也能品味出不同的风味与酸度。哥斯运黎加有三分之一的人口投入与咖啡相关的产业，这里生产的咖啡豆颗粒饱满，香味醇厚，酸度理想。哥国的火山灰土壤十分肥沃，且排水性好，适宜进行咖啡种植，且用蠕虫的粪便作为有机肥，天然健康。不得不感叹这个国家的产品不仅做出了差异化，又与国家提倡的"纯净生活"的理念遥相呼应。

特产的附加值既要有国家的良好形象做背书，更需要差异化的营销理念来支持。再看西班牙的红酒与橄榄油，大部分给意大利的品牌做代工，最终到达消费者手里的则变成了意大利的红酒与橄榄油。靠生产要素成本支撑的附加值往往都在价值链的最底端，或许这也是华为这些年勇于开拓国际市场的源动力。

在咖啡园里摘下
咖啡豆；

漏斗过滤；

先去皮，然后利用
孔径大小不同的网筛筛
选出不同大小的豆子，
分成 A、B、C 级流向
不同容器；

用大量的水通过流动
水渠清洗咖啡豆；

咖啡豆制作流程

CAFÉ TOSTA
ROASTED COFFE

CLARO / LIGHT
15 MIN

MEDIO / MEDIUM
17 MIN

OSCURO / DARK
20 MIN

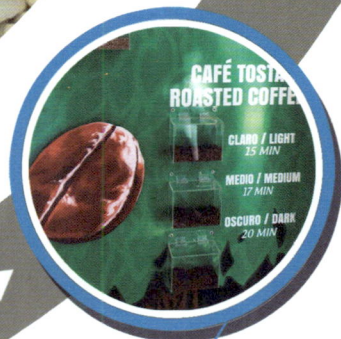

最后进行烘
培，可以通过烘培
特定的时间来区别
口味和颜色。

用热空气来机械干燥，据说和自
然晒干没有差别；

为哥斯达黎加是世界上排名前列的最
的国家，所以没办法像巴西一样用阳
晒豆子，只能先晾干一周；

多米尼加的妓女 欧美老头的天堂 -
解密红灯区 殖民主义的后续 -
私访海地人贫民窟 制糖业奴隶的生活 -
认个海地干女儿？ -

多米尼加的妓女
欧美老头的天堂

📍 Boca Chica,Dominican   //   18°27'14"N,69°36'23"W

~~~~~~

多米尼加，第一次知道这个国家是因为选修的一门叫"拉美创业机会"的课程，上课的教授来自这里，地道的黑人且有很强的亲和力，每次来上课就直接往课桌上一坐，紧接着就开始讲拉美的贫富差距和假货横行！

选择来多米尼加也是计划之外的行程，但是此行在这个国度看到听到的一切让我的心久久不能平静。因为多米尼加没有正规的出租车，只有黑车，而出了机场你如果不打车，就只能扛着行李箱走上两公里到高速路上去拦公交车。所以我只能选择打车去离机场最近的海滩小镇 Boca Chica（博卡奇卡）作为落脚点，即使这样短短 10 分钟的路程也被要了 35 美金。在小镇上我挑了一家威尼斯人开的家庭旅馆，老板说这个国家有世界第四多的金矿储备，这个小岛上有至少 2500 辆保时捷，在首都兰博基尼和卡宴更是随处可见，当然政府的贪污腐败也异常严重。

我好奇地问："为什么会选择这个国家定居？"

他说："我在壳牌石油公司的钻井平台工作很多年，后来调去墨西哥湾钻井平台。偶尔来这里度假，碰到了一位多米尼加女人，我对她一见钟情，但是她对我说不希望我们之间只是一夜情，然后我努力地追求了一个月，终于得到了她的第一个吻，我决定为她定居在此。现在她是我的妻子，我们也有了一个一岁的混血小子。"

好浪漫的加勒比海爱情故事。

入住酒店后来到附近的沙滩，因为这是离首都最近的沙滩，且刚巧碰上节假日，海边人满为患。四处都是前凸后翘的黑妞，疯狂嬉闹的孩子，又搂又抱的男人女人们。顿时觉得热闹都是他们的，我不该去掺和，索性叫了杯鸡尾酒，和住同一个酒店的爱沙尼亚帅哥一起看日落。不想我也被当熊猫一样地盯着，因为在这小镇白皮肤的女游客都少之又少，更何况是黄皮肤的亚洲女生。

日落后到小镇街上找吃的，到处都是意大利餐厅。走在路上感觉到不对劲，年轻的姑娘们一排排地站着，有些还抽着烟且不断地招揽游客。看上去只有十七八岁的女孩们，穿着十几公分的高跟鞋和一件胸罩网衫，直接当街调戏那些六七十岁的老头，众目睽睽之下搂腰亲吻抚摸，随后应该是在讨价还价，最后叫了摩的一溜烟走了。当我看着这一切目瞪口呆的时候，一个黑人小孩直接过来摸我手臂，吓得我直抖，还好有驴友随行，决定立马回酒店，否则被那些站街女郎盯着看，我都对自己的身份产生了怀疑。

回到酒店刚好碰上一个纽约来的记者老头，他去过 16 次多米尼加和 6 次海地，在古巴住过半年，喜欢批评资本主义，坚持信奉纯粹共产主义。他说，多米尼加共和国还是个很穷的国家，他曾采访过一些意大利餐厅的女服务员，一天薪水才 4 美金还不管饭，如果下班太晚还得付 2 美金的摩的费回家，同时家里要抚养好几个小孩，孩子他爸可能就是那些过路的游客。而海地这个邻国虽然更穷，但是经常可以看到勤奋读书的孩子。在古巴的制糖厂里问那些工人，他们也会骄傲地回答你，孩子们正在大学努力地考取医生执照。而在我们酒店斜对面也有个甘蔗制糖厂，问那里的多米尼加人你们的孩子在干吗，他们会说辍学在家。其实多米尼加的教育是免

费的，只是这里的人没有这种理念和习惯想要去接受教育。有一次我看到一个穿着简朴的孩子在很弱的灯光下看书，好奇地走近一看发现竟然是亚裔。

后来一位来自纽约有 25 年律师职业生涯的老头加入讨论，他说："我连续 6 年来这里度假，因此对这里还算是了解，这里的人没有'明天'的概念。十几岁的姑娘不去上学，每天就坐在小杂货店门口望着货架上的牛奶发呆；几个大老爷们儿可以从下午 3 点'麻将'到晚上 11 点不停歇；酒店前台的小黑哥就个位数找零的小事，计算器按了十分钟还没个一二三；坐在酒店大厅的短短 2 小时，7 位妖艳的姑娘工作完从房间出来。这就是多米尼加人的生活现状。"

那位记者老头接着说："美国一直希望多米尼加政府维持这样的社会现状，这样底层人民就会没有企图心。"

解密红灯区
殖民主义的后续

📍 Boca Chica,Dominican // 18°27'14"N,69°36'23"W

～～～～～～～～～～

我好奇地问两位尊敬的前辈："为什么多尼米加的色情业如此赤裸裸？"

律师老头耐心地帮我解密："当年埃塞俄比亚和索马里都是意大利殖民地，所以意大利人血液里有喜欢黑妞的偏好。意大利大部分人从 50 岁开始退休，政府每个月给差不多 2000 美金的退休金，他们退休了有钱有闲就来这里寻乐子。在这里可以用便宜的价格找到十几二十几岁年轻身材好的姑娘，即使她带个孩子也没关系。这里面的学问就是，大家好好地按照约定各取所需，老头们负责女人和孩子的生计，女人在家做饭带孩子，晚上睡在一起。同时老头一个月有那么几天会去另外一个镇找不同的姑娘，因为这里姑娘太多供大于求，竞争也激烈，所以有时一点牛奶和糖就可以让她陪你一晚。几天后回到之前的家，那个女人依然在。在有条件的情况下，追求女人的数量与多样性，这是男人的本性。"

"只有这个小镇如此？"

"这里是意大利镇，北部有个加拿大法语区，西面有个德语区，都一样，这个国家的色情行业是很公开化的，而且他们对此也习以为常没有抱怨，有很多妓女有老公孩子的照样出来接客，这也是一种文化。"

律师老头接着开我玩笑："这里的人们生活散漫，每天就知道看看鞋子看看头发。像你这样聪明的人，来这个国家学习六个月就应该能做国家总统了。"

我只能抱拳笑笑。

　　"我说的是事实，你看像你这样的中国年轻人，若没有从小就锻炼出来的独立能力和接受过良好的教育，你就不会像现在这样只身一人来到这个不太安全的加勒比海岛国，能够用流利的英西文和清晰的逻辑和我们交流。"

　　他又开始谈论丘吉尔的人生，说这位曾经的英国首相来自于英国贵族，而英国百年来的贵族子弟都是在七八岁时就被送到寄宿学校接受全方位的教育，因为领导力的培养往往源于儿时的磨炼。而一个家族想要保持中上流的社会地位和物质保证，父母可能会牺牲掉天伦之乐，努力为社会进步创造更多的价值。

　　"孩子，这世界上没有免费的午餐，任何事情都是公平的。Trade-off, fair enough!（公平贸易）"

　　这二十多年我的内心一直藏着一个大结，觉得父母自我 6 岁起就把我放在寄宿学校直至大学毕业，从而让我儿时不曾拥有父母的呵护与家庭的温暖。长大以后，我已经形成非常独立的个性，因为从小就被逼学会为自己做各种各样的决定：比如小学三年级开始我需要自己逛街买衣服，初中时得自己红着脸第一次去买卫生棉与文胸……渐渐地我也变成了一个不怎么会撒娇的孩子，让我觉得人生总是缺少了点什么。但是听完作为孩子父亲的这位律师老头的一席话，我开始有些释然，父母努力打拼无非也是想为我创造更好的教育条件，为全家创造更好的生活条件。一代人有一代人的无奈与选择，给予更多的理解与感恩吧。

　　准备说晚安时，律师老头告诉我，他的前妻是住在美国的多米尼加女人，她人很好，也很性感，彼此性格也很互补，但是他们的价值观和思考问题的方式总不在一个轨道上，源自从小接受传统文化熏陶的不同，很难改变，最终还是分手了，但是他们已经有四个孩子。他骄傲地秀着印有"哥伦比亚大学"字样的 T 恤，说他的儿子刚上了哥伦比亚大学，但是要 36000 美金一年的学费，是笔大开销。他说，你别看在华尔街工作的那些光鲜亮丽的百万富翁们，在曼哈顿付完房租交完税再除去家庭日常开销后，也许银行卡里也就剩买内裤的钱。

老头准备起身离开时还不忘各种调侃中国，可没想碰上爱谈论经济政治的中国 80 后姑娘各种论证反驳，最后他说："中国人都像你这样能讲英文以后全世界只说中文了！"

我笑笑说："我们从小被教育'和平共处'五项基本原则。"

他说："你以后肯定会是百万富翁的。"

我说："现在在我们的城市就有很多百万富翁了，我们也经常去看电影，慢慢开始欣赏歌剧看画展。当我白发苍苍的时候，中国一定会变得更好，这是我们这代年轻人的职责。"

本来以为既然来了多米尼加，就发了封邮件想约"拉美创业机会"的启蒙教授喝杯咖啡，结果老师刚巧在别国出差，并问我对多米尼加印象怎么样。

第二天早上，在大厅里看到了 60 岁的意大利酒店老板和 20 多岁黑妞的混血小孩，我想他至少比大部分孩子幸福，不仅有玩具车玩，也不用愁吃愁喝，有更好的条件可以接受教育。下午回到酒店大厅还碰到那个律师老头抱个几个月大的小孩，我问这是你的孩子吗，他说这是我女朋友的孩子。

在告别拉美的最后一晚，再次近距离观察这些为了食物为了孩子家庭而步入红尘的女子。有个女孩远看身材婀娜，一直跳着钢管舞来招揽生意，后来她来到我们桌旁，才发现已经年老色衰。驴友沉重地说道，她必定工作有多年了。而站她旁边的女孩，看似还在怀孕中。看看另一个五六十岁的老女人穿着玫红比基尼在小镇主干道穿梭，驴友感叹，市场竞争这么激烈，她觉得自己有优势吗？还有一些年轻女子带着孩子直接在我们旁边揽客。

后来我们问酒吧的总台——妈妈桑，为什么这些女孩子选择这种方式生存？她说，多米尼加没有这么多工作机会，她们来自不同的城市，也是生活所迫。比起阿姆斯特丹红灯区职业的"性工作者"和规范化的工作区域与合理的服务报酬，这里的色情行业是混乱的，也是廉价的，但它却是这个国家很多年轻女子主流的谋生工具，让我心感一丝悲凉。

短短的三个小时，从她们蜂拥而至来上班，打扮得各种花枝招展招揽客户，到一个个陆陆续续被客人带走，有些老头甚至一个带俩，没被带走的继续卖力搔首弄姿，而这些姑娘们或许已经一天没吃饭了……

在这个城市看了太多的阴暗面，心情异常沉重，我该如何回复教授的邮件？我要如实告诉他我的感受吗？

私访海地人贫民窟
制糖业奴隶的生活

Boca Chica,Dominican   //   18°27'14"N,69°36'23"W

　　海地与多米尼加的前世今生令人感叹，海地原来是法国殖民地而多米尼加是西班牙殖民地，两种语言和文化在这个加勒比海小岛上纠缠了几百年。令人瞠目结舌的是，他们的独立日不是脱离殖民者统治的日子，而是两国彼此划清界限的那一天。据美国记者老头说，多米尼加比海地发达十几倍，但是多米尼加人从小被教育道，海地人是非洲血统所以只能做奴隶的活，而实际上多米尼加也都是黑人，不管全黑、半黑的多米尼加人都自称为印第安人血统，所以多米尼加人都不希望海地人进入他们的国家。

　　那天本已准备好行李准备出发加勒比海滩度假，刚好这位美国记者找了当地海地后裔做向导要去私访种植甘蔗的贫民窟，我也想要加入他们，决定在此多留一天，因为看沙滩蓝天以后有的是机会。我庆幸我留下来了，因为接下来所看到的一切、经历的一切让我终生难忘，这是我第一次如此近距离去接触 200 年都没有改变的奴隶后裔生活。

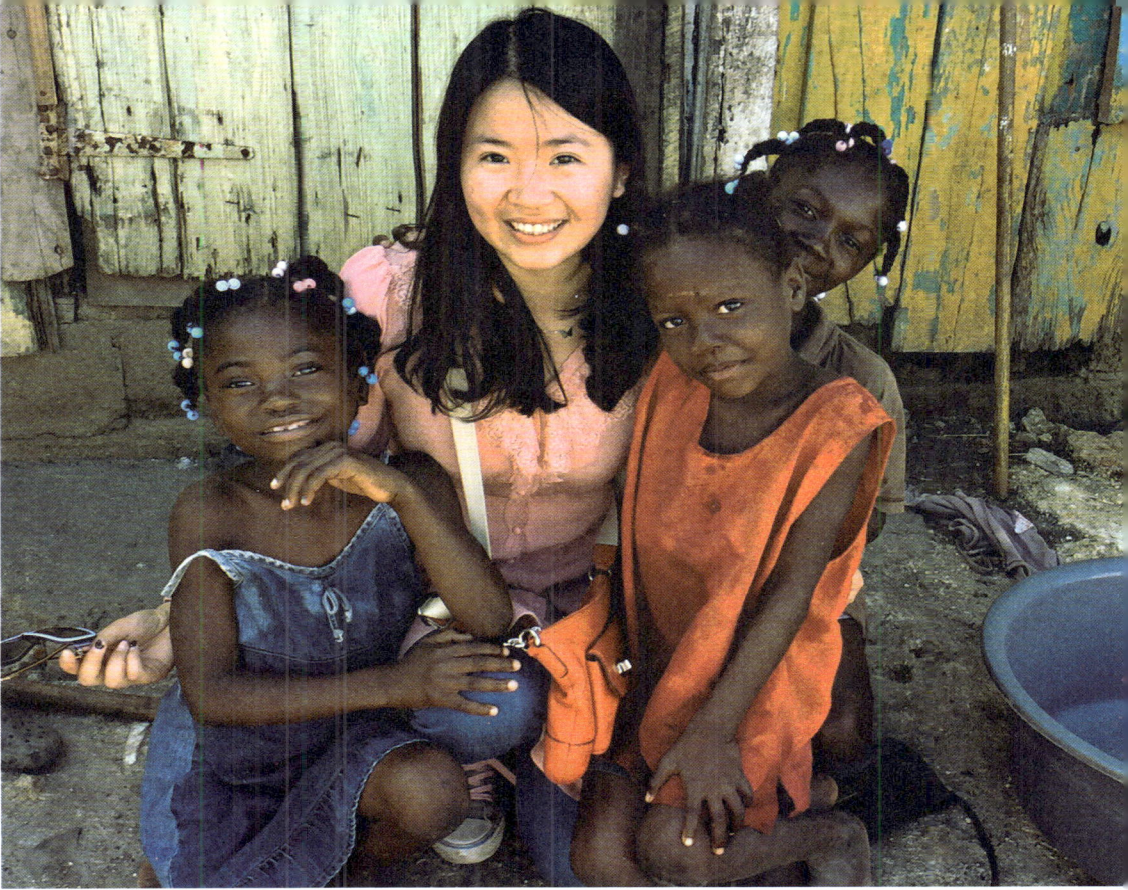

　　中午我们顶着太阳出发了，路上跑着成群的摩托车，每辆车上一爸爸载着三个甚至四个孩子。我们叫来的私家车的窗摇柄也坏了，车门还有个大洞。形成鲜明对比的是，街上完全不缺宝马和奔驰跑车，真是赤裸裸的贫富差距。　路上我们看到一个校舍建得非常好的棒球学校，海地向导说这也是很多孩子改变他们命运的希望，就像很多美国人的篮球梦。

　　聊到美国，突然回想起两位美国老头的晨话：多少战争是美国资助一些国家的反对派和当局对抗来使得这个国家产生内耗引起的，而有些曾经受美国支持的武装力量突然有一天反过来对抗美国，美国政府也只能哑巴吃黄连；每次美国大选也会对一些负面新闻进行封锁，而多少美国人自以为美国是这个世界上最自由的国家。美国的一些 NGO 资助海地人民工作，开设纺织工厂，无非是为了使用当地的廉价劳动力，又间接导致农民耕地的收入没法与一些低廉的作坊相比，最后农业瘫痪导致食品与衣服还需要从美国进口。海地最便宜的酒店也要 40 美金一晚，且太脏，只能穿着外套睡觉。海地这个国家也有少数有钱人，比如有美国在背后资助的革命派就有豪华的府邸。而很多老百姓却被赶到政府建造的漏雨贫民窟，一年的人均收入只有不到 1000 美金。很多海地人经常到多米尼加的边境购买食物再回去倒卖赚些差价，或到多米尼加求生计，只是海地人需要花近 1500 美金才能买到护照和多米尼加的签证，那可是笔巨款。多米尼加的基建和公交系统相对都比较完善，而海地连煤气都没有，很多人需要用木材生火，所以从飞机上看海地地表，很多地方没有植被了。他们也知道这会毁了自己的家园，但是为了生存也只能过一天算一天。

去贫民窟的一路，印入眼帘的是成片的葡萄园、玉米园和甘蔗林。当我们进入甘蔗林小道时碰到了向导的阿姨，一位 76 岁的老太太，带着她有点呆呆的儿子，头顶一大捆物品，这是走去很远的街上买回来的。烈日下我们邀请老太太和我们坐车一起回去，因为开车都还有 10 分钟的路程。结果老太太问我们介意让他儿子坐上来吗，我说没有关系。这男娃上车时，背包上还有一堆的飞蝇，身上的异味也是充斥着整个空间。

　　终于到达了这个为多米尼加人工作的海地后裔贫民窟，看到工人们在烈日下把农用车上的甘蔗一根根地往大卡车上搬运，一天工作 12 个小时只赚 6 美金，哪怕 74 岁高龄的老年人也还要照样工作。而且他们根本没办法存钱更别说上学，当甘蔗收割后他们就没有收入，只能靠吃糖和少许储存的蔬菜来饱腹。甘蔗林里还有农场主请的当地人骑马来巡查海地人的工作进度，这与 200 年前的奴隶生活差别大吗？

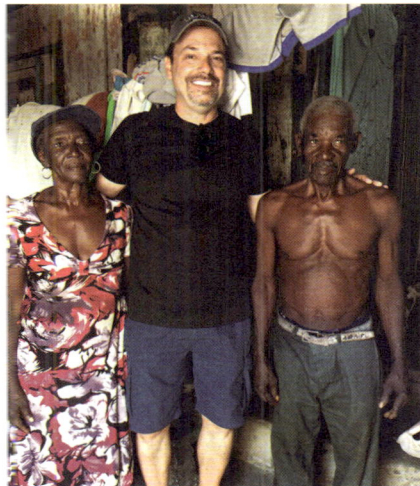

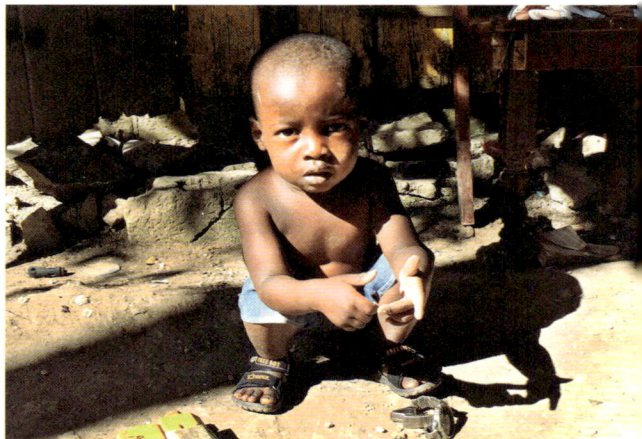

认个海地干女儿？

📍 **Boca Chica,Dominican** // 18°28'45"N,69°53'27"W

海地的女人们非常注重头发和指甲，因为她们从小被教育非洲血统遗传的自然卷的头发是很丑的。她们虽然贫穷且大部分的人连鞋子都不穿，但是家里却不缺指甲油，头绳也都是五颜六色的。每一户人家都有很多孩子，且年龄差距不大。

露天灶台

露天浴室

遍地苍蝇的卧室

有个穿红衣服的妇女觉察到我们对他们的尊重和友好，直接抱起旁边连裤子都没穿的女娃，问我能否做孩子的 Guard Mother（干妈）。因为他们只会讲方言或者法语，个别才会讲西语，所以通过向导翻译才知道在天主教里 Guard Mother 是个荣誉，但我还是被吓到了。因为自己不仅单身更没有孩子，难道来多米尼加还得认个海地干女儿？在向导的建议下孩子的父亲还一直追问我 Facebook 账号，最后我只能说中国不方便用脸书便留了 Gmail，说希望以后有机会能再来多米尼加看他们，但实际上他们连邮箱都不知道怎么用。

越穷的地方越淳朴越好客，他们会给你他们仅有的食物。我和记者老头一下午喝了两杯热腾腾的咖啡，后来才看到我们喝的咖啡是完全纯手工做出来的。这里也没有自来水，只能饮用井水。我们走访了十几户家庭，基本没有受过教育，所以一些十几岁的女孩看到白人老头就往上凑，渴望能被带出去有个翻身机会。小孩没有玩具，一个小男孩玩了一下午的甘蔗当马骑。因为难得有外国人来关心他们的生活，几十户人家集体包围我们。

平复了内心的震惊后，我开始像妇女主任一样用蹩脚的西语跟女孩儿们不断地强调：只有接受教育才能改变命运。我们都不希望这些几岁的孩子长大后为了食物又成为站街女郎。中国以前也很穷，但是很多山里的农民无论多苦都让孩子爬好几个山头去读书，没有任何事情是简单的；我说我们父辈一代当年打拼也不容易，但是他们尽最大的努力给了我最好的教育。教育很重要，否则世世代代都只能是奴隶被压榨。

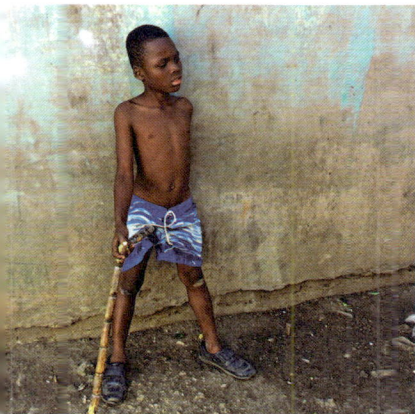
每天的玩具——甘蔗

村里唯一的活动——斗鸡

从来没有喝过如此"纯手工"的咖啡

圣保罗的持枪抢劫 -

 Brazil 巴西

圣保罗的持枪抢劫

 São Paulo,Brazil   //   23°33′21″S,46°38′54″W

~~~~~~~~~~~~~~~~~~~~~~~

　　2012 年 9 月的一天，从上海飞了 28 个小时到达圣保罗，这是第一次踏上南美的土地。结果兴奋劲还没有过去，就发生了一件事情，成为我这辈子都很难抹去的阴影。因为传说中拉美的治安不是很好，所以我就把护照、首饰和美金都放在了酒店保险箱，只带了少许现金准备出门。咨询了酒店前台去往市中心的路程，差不多晚上 7 点左右打车再转地铁到了圣保罗第 25 大街，这里集中了很多的中国餐馆。

　　结果朋友前脚踏进中餐馆，我后脚拿出 iPhone 准备看下时间，谁知突然有人抢夺我的手机，但是我拽得比较紧，人连手机一起摔倒在地上，我本能地去捡手机，却见一个黑人从口袋里拿出了一把枪顶在了我的腰上，那一刻我才反应过来，人生第一次被抢劫了。我脑子一片空白，也不敢动弹，只能僵在地上。因为餐厅内还有大批的人在吃饭，所以两个黑人捡了 iPhone 也没顾上抢我的包就匆匆逃走了。

　　我的朋友进去了没发现我跟进来，出来看见我瘫在地上立马大叫，餐馆的服务员和老板娘也都一起出来了。当时我整个人都是傻的，只隐约记得他们把我扶进了餐厅，倒了热水给我，

很多人围着我问我发生了什么事情。我差不多木了十分钟，然后号啕大哭："我刚刚被两个黑人用枪顶着，他们把我的 iPhone 拿走了……"

过了一个小时我才终于缓过神来，我们开始担心：怎样回酒店？圣保罗的司机可靠吗？会不会把我们载到没人的地方坦掉？

因为刚才餐厅老板娘安慰我的时候告诉我："圣保罗有 20 万名警察，但却是整个巴西治安最差的地方。因为犯罪率太高监狱爆满都容纳不下，所以警察局一般不收监这些小偷。"我说能不能打电话给领事馆求助，因为我真的不敢这么回酒店，况且天色已经很黑了。等了很久，10086 发送过来的领事馆求助电话总是忙音中。最后无奈之下，只能由老板娘联系相熟的出租车司机，经过再三交代后把我们送回了酒店。在圣保罗的后几天，基本就待在酒店，本来准备搭大巴去里约的计划也被老板娘强烈制止，她说姑娘你不要命了吗，我们在这几十年的人都不敢坐这个路线的巴士！

印度

宝莱坞版印度婚礼

📍 Jaipur,India // 27°23'29''N,73°25'57''E

~~~~~~~~~~~~~~~~~~~~~~

2013 年圣诞节时为了看看那些热情的印度同学的家乡，直接从马德里扛着 32 寸大箱子飞到印度度过了非常神奇的 10 天，也收获了很多的震撼。离别时同学 Sanchit 问我，对印度的印象如何？我说，这是个很有意思的国家，不仅历史悠久，还是金砖五国，机会无限。他紧接着问，你何时再来？我婉转地说，等你们谁结婚我一定来。

结果半年后我就接到印度德里帮同学的婚礼邀请（印度人也各有自己的区域骄傲，德里、孟买、加尔各答自成一帮），想拒绝也不好找理由。Anke 同学催我办签证催了三个月，到 12 月份的时候我告诉他签证已就绪，他好开心。毕竟我们大老远去参加婚礼也不容易。

刚下飞机就碰上在中东打工的印度民工回国潮，一个个背着直接用被褥包裹着的行李，很多人甚至连英文表格都不知道如何填写。一出机场门口就有人跟我进 ATM，看我瞪了他一眼才走。接着是出租车司机蜂拥而上，把我围得密不透风，搞得我心生惧意立马跑去找持枪警察确

认是否安全。要知道那时可昰凌晨 4 点半，万一把我载到荒郊野外咔嚓了也没人知道。最后看到一位用旧毛毯当披肩的老头面目和善，感觉比较靠谱，就坐上了他的塔塔开向婚礼酒店。想到马上就要加入婚礼狂欢，居然有些抑制不住的兴奋。

都说中国人准备一个婚礼累成狗，我觉得印度人的婚礼更繁琐更辛苦。婚礼仪式前晚还要举办舞会来暖场。从墨西哥远道而来的同学比我还不能融入这里，我原本还以为拉美人个个都是 Fiesto（西语：派对动物）他偷偷和我说："印度的舞蹈太奔放，男人间还经常有肢体接触。"

或许去年的印度生活给此行做了很好的铺垫，我被新郎热情的亲戚们一次次拉进舞池，为了不扫兴也就豁出去了，开始跟着他们一起嗨舞。

在这一个月内有 4 个印度同学要结婚，这是邀请我长住印度的节奏吗？

　　第一天宾客陆续入住酒店，一对新人包下了整个度假山庄。所有亲属从年长到年幼分批上台献舞表示祝福，整个舞会持续了7个小时。第二天中午12点10分，整个酒店锣鼓喧天，穿着传统服装的骑马乐队在礼堂表演。宾客们的发饰虽简单，但耳饰都异常奢华，尤其是新娘和新郎的母亲会戴特别多的头饰和手镯。女性宾客身上的一件纱丽从几十块到几千块不等，有着繁复的手工刺绣，或是镶着blingbling（闪亮）的珠宝。新郎的父亲母亲都要等待双方的亲戚上前在额头涂上红泥，小辈们要一一俯身至裙摆向他们行礼表示尊敬。

　　紧接着新娘母亲家族的人一路欢歌地进来，新郎父母需要在礼堂门口迎接，拿起金丝布让一位位娘家亲戚从布下按长幼次序进入。每人都被披上彩色围巾，长者还会收到沉甸甸的珍珠串，然后集体上台合影，举行宗教仪式。

　　下午是新郎化妆出阁。新郎坐在红伞下，祭司与男童坐旁边，所有男性年长亲戚都被戴上五彩围巾做的帽子，根据长幼按顺序帮新郎戴金项链和花环；女性亲戚帮新郎画眼线、点耳朵和敬茶。各种宗教祭祀后所有亲戚敲锣打鼓地把新郎送出门，坐上婚车出阁了，但是没有鞭炮哦！

　　新郎去寺庙完成祭拜仪式后，骑着几米高化着妆的大象进场，这规格很威武有没有？负责音乐的仪仗队，西装革履戴着彩帽的男人们，披着华丽纱丽妆容明艳的女人们，一大群人浩浩荡荡载歌载舞。鼓手们口袋里揣着100卢比（约10元人民币），卖力地挥舞着手中的鼓锤，鼓都快要敲破了。两个新人碰面这500米的距离，足足走了3小时，实在像是哪国王子大婚。

　　从中午12点开始到凌晨1点，我都觉得Anke快累傻累哭

了，数不清的仪式和礼节需要一对新人去完成。就连我这个看戏的也终于支撑不住，倒在了倒数第三个仪式开始前，很没形象地在新人和司仪面前呼呼大睡了。

这简直就是纸醉金迷的宝莱坞电影，类似皇帝登基同时大婚的情节，不过这可是连拍 12 个小时不停机的纪录片，太累了。

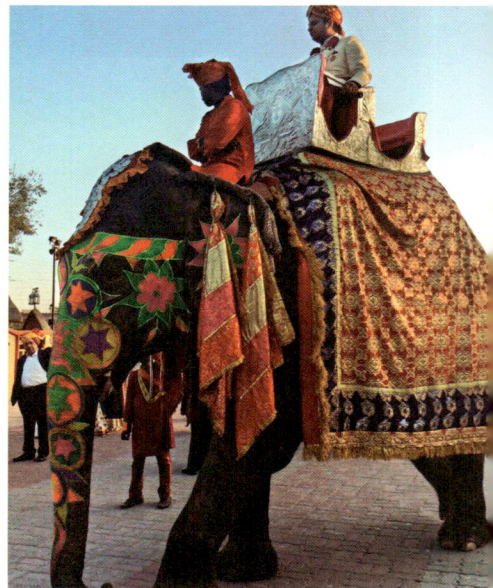

跨越种姓与宗教的
现代爱情

📍 **Jaipur,India** // 27°23'29''N,73°25'57''E

~~~~~~~~~~~~~~~~~~~~~~~~~~~~~~~

印度种姓制度的烙印还深深地显现在当下的这个社会里。种姓制度 (Caste System) 分为四个等级：第一等级婆罗门主要是僧侣贵族；第二等级刹帝利是皇室或贵族；第三等级吠舍是商人等一些有不错职业和背景的平民；第四等级首陀罗就是最底层服务他人的土著。还有连种姓级别都没有的贱民，如焚尸场烧尸的师傅。后来全国实现了保留系统 (Reservation System)，所有涉及公共服务的就业等必须给下层种姓的人保留一定的位置。但现在已经不能完全用财富去判断印度人是采自哪个种姓。

参加完这场华丽的婚礼，我才了解到这对新人背后的故事，也被这段来自第三等级种姓的印度教徒与第四等级种姓的穆斯林姑娘的现代爱情故事深深感动。他们挣脱了世俗的观念，跨越种姓等级和宗教冲突，勇敢地牵起了对方的手。

他们二人在孟买工作时扫遇相知相爱，Anke 完成研究生学业回国后就向父母坦白：
"我要娶一个姑娘，她是个穆斯林，这辈子非她不娶。"

这个故事是我从 Anke 的舅舅那里听来的。

他说："当时 Anke 的妈妈听后整个人都在颤抖，这是她唯一的儿子，却要娶一个穆斯林姑娘。我们整个家族也都震惊了，你知道吗，在印度一般高阶种姓是不会与低阶种姓通婚的。而且印度教和伊斯兰教之间有很多矛盾冲突。但是我们也拗不过自己的孩子，他们大了，万一我们不同意他还要离家出走，我们除了妥协也别无选择。"

我问："听说印度都是女孩子家给很多嫁妆的，否则在婆家就没家庭地位？"

他连忙说："我们家 Anke 一分没要也不需要，一般男生家里条件不好的才会向女方要；如果让 Anke 老婆出 1000 万卢比的嫁妆有点为难，我们和 Anke 家都有自己的生意……只要他们过得好就好了。"

虽然舅舅谈吐很绅士，但言语间还是显露出对自己所处阶级的优越感。

后来女方家的亲戚和我说："做 Anke 的妻子简直太为难她了，因为她未来的生活和她过去 25 年经历的东西会完全不一样。她嫁的丈夫种姓更高阶，婚后必须转为与其同一种姓和宗教。" 从着装上可以轻易观察出两个家族财富的差距，但是我从 Anke 眼神里深深感受到他对妻子的在乎与深情。

他们在高台相对的凉亭相视而坐，在伴郎伴娘的陪伴下走向对方，为彼此戴上珍珠花环，在烟花彩带中走向"皇座"接受亲朋好友的祝福。女方的亲戚会根据穆斯林结婚的传统给新人献上一条羊毛围巾。这种印度教与伊斯兰教的混搭风婚礼很有意思。

墨西哥同学偷偷和我说："印度社会贫富差距那么大，很多人应该需要为这人生中最绚丽的一天攒很久的钱吧。在墨西哥结婚，大家愿意把钱花在房子上，而这里的人是花在婚礼上。这个简直就是一场十足精彩的秀，不过值得我飞 30 多个小时来看这场华丽的电影。"

后来我问 Anke 的舅舅，这样的婚礼需要多少钱？
他说："这个才是 200 人婚礼，在 8 万美金左右……"

到了晚上 11 点，总算到了正式的结婚仪式。新郎新娘绕火盆，祭司在一边念念烧烧点红洒水。新人转了七圈后再撒上一堆黄色粉末，放上很多硬币，让新郎掰起新娘脚趾头去踩每一个硬币，保佑财源滚滚。新郎为新娘亲自点红才算是正式礼成，让她成为他的妻子。接着两位新人牵着红绣球的两端再次接受亲朋的祝福，现场的亲戚们都争先恐后地问男方父母要钱和珠宝求个喜庆，我也献唱了首邓丽君的《我只在乎你》祝福新人。

所有的长者亲属需要亲吻新娘额头 6 下，并送上红包与祝福。我们以为仪式总算落幕了，结果所有人都走向新人的房间，开始我们以为是闹洞房，实际是新人需要在老奶奶的注视下拜毗湿奴神——印度教三大主神之一，估计是求早生贵子。持续了将近 13 个小时的仪式之后，我们才告别了新郎新娘回房休息。

无论如何，我都祝福这个现代灰姑娘的爱情故事能美满到老。

印度年轻人的婚姻观

📍 Jaipur,India // 27°23'29' N,73°25'57''E

参加完婚礼蹭了德里帮同学 Ek 的车，我们一路从斋浦尔开向新德里，这里所谓的高速公路还不如我们的国道。因为赶上了印度同学的结婚潮，所以一路的话题自然离不开印度的婚礼风俗。当下的印度和以前的中国有几分相似，80% 以上的婚姻都是家里安排或者朋友介绍后经家里同意促成的。通常男女初次见面后，两人会告诉彼此的父母，再决定是否需要继续接触。在印度，基本是根据家庭传统程度来决定父母对儿女婚姻的影响程度。

Ek 说："总体而言，印度的安排婚姻的离婚率会比自由恋爱婚姻的要低，毕竟这是个相当重视门当户对的社会。"

我在想，门当户对的本质应该不仅限于两方家族的权势与财力的强强联合，更是对两个年轻人三观一致性的初筛，毕竟一个人的价值观与人生观很大程度上受原生家庭的结构与成长坏境影响。

我说："那如果是自由恋爱呢？父母允许吗？"

Ek 说："男女朋友间的约会，年轻人基本不会让父母知道，因为在印度这个传统社会里被人知道谈太多恋爱毕竟不是件好事。除了传统性感的纱丽，印度大部分地区包括德里，女孩子夏天穿非常短的牛仔裤在很多家庭都是不允许的。在孟买则相对开放得多，因为它是整个印度最西化的地方，而在一些传统的城市，如果年轻男女在情人节牵手亲吻被父母撞见，还有可能被逼结婚。尽管百分之七八十的印度城市年轻人都有婚前性行为，但一般也不会告诉别人。印度版的百合网也正在兴起。"

印度的父母也像中国的父母，到年龄了会催婚逼婚，甚至很多受过高等教育的家庭都希望

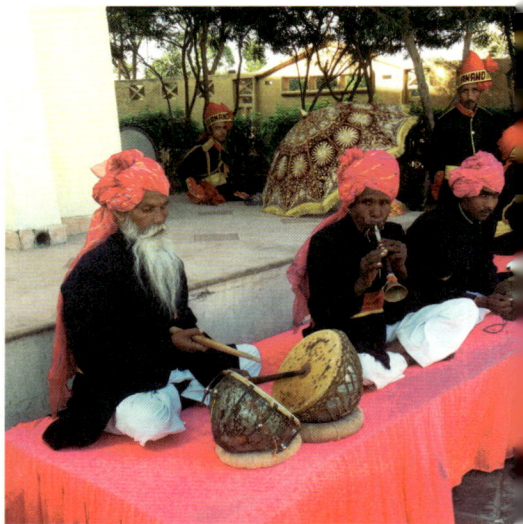

他们未来的儿媳妇最好做个家庭主妇。而一起来参加婚礼的三位印度同学都表示不希望他们以后的老婆只是个在家里看看电视、吹捧婆婆、世界里只有老公和孩子的女人，希望她可以多学习出去交流，甚至以后可以一起做事业。

看来教育正慢慢改变着新一代印度年轻人的婚姻观，这是男性对于心灵伴侣的要求上的权重在增加吗？

到达德里后我碰上来参加另一场印度婚礼的瑞士同学，还有接待我们来自新德里的同学 Nikal。两人分别来自世界上最干净的国家之一的瑞士和世界上最脏乱差的国家之一的印度。Nikal 不断强调着德里的各种国际化。而瑞士同学说，在印度待了一周其他都适应了，就是每天呼吸还是实在难受。他说着从背包里拿出一卷卫生纸当礼物送我，他说，你需要的。我笑说，你太懂我了！逗得所有人哈哈大笑，因为印度人解手后是用水冲洗不用厕纸，所以很多老外第一次到印度学会的一件重要的事，就是买卷卫生纸放包里用。

曾一个劲和我强调要为寻找真爱坚持到底的 Nikal，在 2015 年的 6 月 7 日打来了一通国际电话并发了一封结婚请柬邮件。他说他与未婚妻在 5 月 16 日见的面，婚礼定于 7 月 19 日，顺带笑着说这是一桩父母安非的婚姻。有着追寻自由爱情的初心，在社会的传统价值观里不经意间就被扭转了。感受到他话语间的轻描淡写，我也只能深深祝福他吧！

中国人的"印度印象"
VS
印度人的"中国印象"

⦿ New Delhi,India // 28°36'50"N,77°12'32"E

~~~~~~~~~~~~~~~~~~~~~~~~~~~~~~~~

回想起 2013 年圣诞前夕做客德里同学 Sanchit 家的旅程，也有些不得不说的故事。

我刚下飞机 Sanchit 就警告我说："中国美女，你来印度不能开车，不能吃街边摊，尤其是不能吃辣的话千万别乱尝试印度餐。"

第一天上街，灰尘满天飞的大街上到处都是 tuktuk（嘟嘟车，一种非封闭式的三轮车），且司机们总认为所有的游客都很有钱于是漫天要价，逼得我每天要花很多精力去讨价还价，还要耐心地拒绝他们各种各样的购物建议。大部分景点没有像样的收费和检票流程，有些连垃圾箱都没有。

Sanchit 家看上去就像是中国城乡接合部的房子，竟然和我说价值等于上海市区 300 平方

米的套房。看看路上开残疾车和拉黄包车的车夫，走个 10 多分钟才收 1 块钱，贫富悬殊太扎眼。Sanchit 家除了他都是素食主义者，我只能求他每天中午带我上街开荤。德里市场里的小东西确实便宜，一条穿满珠子的肚皮舞裙子只需 20 元，咖喱羊肉确实美味，印度奶茶和生姜红茶也别具风味。

大部分私家车左边的后视镜已消失不见，交通混乱，垃圾遍地都是，动物也满街乱窜。在斋浦尔穿行马路时，我简直绝望了，我发现若不勇猛一点，永远都过不了马路，印度人开车可是不给我让一点空隙。我只能一边做着交警停止的手势，试图让他们停留片刻让我这行人先过，哪怕挪动一点点的距离我都双手合十来感谢下那位司机的仁慈，真是阿弥陀佛。

印度传统服饰纱丽颜色艳丽，款式繁多，越是来自小城市的女人越喜欢穿纱丽。如果印度有欧洲清澈的蓝天与整洁的大街，我觉得穿着纱丽的姑娘不比穿着爱马仕的名媛气质差到哪儿去。但在印度嫁女儿要倒贴嫁妆，希望男方收了财物后能够好好照顾女儿的下半生。

以上就是我这个中国年轻人对北印三角的"第一印象"。

做客新德里的第一晚，Sanchit 也邀请了他的六七位好朋友来做客。本以为是简单的交流，最后演变成中印年轻人对于彼此国家印象的 PK 会了。

1. 论劳动力：印度年轻人竟然以为他们的劳动力成本比中国贵，我说你们能否帮我进口一集装箱每个月 200 元薪资的全职佣人？因为 Sanchit 告诉我他读书时 200 元能让一个佣人在家洗衣做饭打扫一个月；而在西班牙，每天 4 小时 * 每周 5 天 + 不太勤快的菲佣 =400 欧元 / 月；在当下的中国一个保姆若每月没有 3000 元，恐怕没人愿意做了。

2. 论吃货：你们中国人都吃猴脑吗？这一类问题被问多了也不吃惊了。你们中国人吃凤凰蛋？这个我无力还击。

3. 论安检：你们中国人安检要手摸全身，很奇怪。我反击道："你们印度到哪都要安检，进个商场还要过三关，我还不是每天无数次被安检搜身！" "那都是孟买泰姬陵酒店的大爆炸之后的政府规定。"

4. 论大学：印度一些公立大学一年的学费才 60 元，我说我大一那年 3000 元的学费是中国大学里最便宜的专业学费之一了。印度人超级重视学位高低，在南部的一些婚礼上，新郎新娘的身份牌上需注明各自的所有学位和头衔。若两人的学历背景太悬殊，父母一般情况下是不会答应这婚事的。

5. 论如厕：印度人觉得如厕后用厕纸解决简直浪费纸还不太干净，因此他们是用左手和水解决方便后的问题。我对此只能持保留态度。

6. 打招呼：印度人觉得中国人打招呼的方式有点不太热情，因为他们估计传承了英国人的习惯，见面行贴面礼。

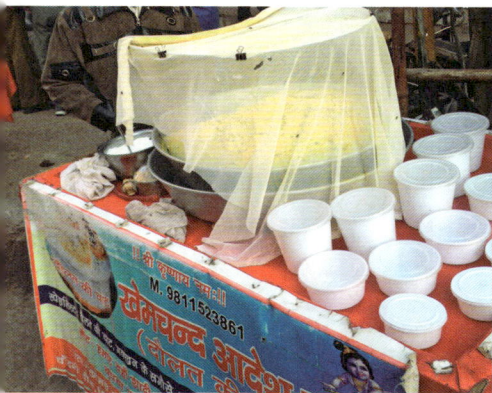

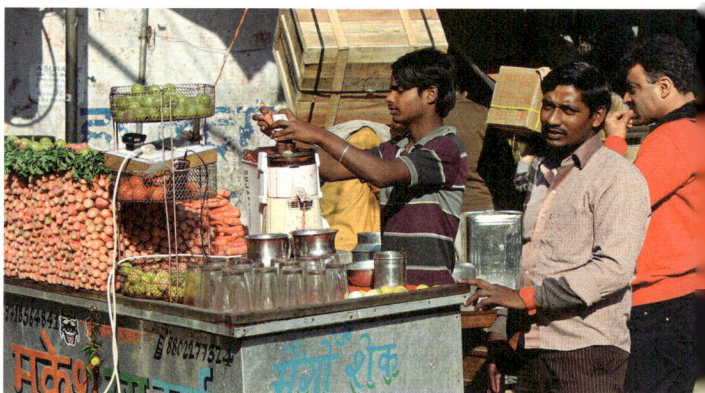

孟买的贫与富
不用厕纸的开挂民族

📍 Mumbai,India // 18°55′56″N,72°49′35″E

孟买让我看到了现代印度的一面，滨海大道在灯火照映下不愧是"queen necklace"（女王项链）。比起德里，孟买更现代、干净、安全、有序，消费水平更高，更商业化。至少tuktuk 都有咪表计费且司机还有统一制服，这可帮我节省了不少和司机砍价花费的巨大能量和嗓门，不过还是避免不了司机带着我兜很多圈子的悲惨命运。想想算了，人在江湖飘，哪能不挨刀。我和司机理论价格他装听不懂英语，拉客的时候英语就一溜一溜的。不像在摩洛哥，若小贩们漫天要价，我一说阿拉在看着你，他们会因为对神的敬畏而收敛一点。但是孟买的印度徒们根本不忌讳宗教的约束力，或许生存压力让他们变得如此。

　　此行我总算有机会尝试了印度的火车，为了避开超长的队伍去买了一等座。近几年卢比贬值后，这里的消费比泰国还便宜。印度的火车无论快慢车都没有门，公交车也是，我猜也许是因为他们没等下车就开始抢着上车把门挤破了吧，最后铁路局和公交公司干脆就把门都拆了方便他们进出。火车车厢还分男女，当地朋友告诉我，这是因为以前印度男人都太不把女人放在眼里，对女性造成过很多伤害。在部分公共空间将男女分开之后，女性的权利和安全可以更好地得到保证。

　　一路上，成片的贫民窟赤裸裸地夹杂在高楼林立的城市中间，房子没有完整的屋顶和窗户，很多人以捡破烂为生。更夸张的是有一大男人裸着下半身朝着铁轨方向在如厕，女士车厢里的人把这一幕看得清清楚楚，我直接尖叫了一声："Oh my god，how can it be！"（我的神啊，

怎么可以这样！）结果大家都非常奇怪地看着我，估计她们对此早习以为常了。

　　从泰姬陵酒店去往猴子岛的船上，遇上了一位来自德里的美女。她说南部印度人穿衣服不太国际化，女性非常传统，基本只穿纱丽，而德里的女性穿着比较国际化。我倒觉得孟买的女孩更时尚些。在印度教的教义里主张尊重牲畜，到了湿婆庙洞窟的小岛随处可见无人看管的狗、牛和羊，看着骨瘦如柴的它门眼巴巴地等着游客吃完玉米棒把残渣扔过去，不免感叹这片土地上的动物也活得这么辛苦。

穆斯林老太 轮流执政的国家
达卡机场的54小时谈判
异国维权法宝 朋友圈 &《谈判技巧》

孟加拉

Bangladesh

穆斯林老太
轮流执政的国家

📍 **Dhaka , Bangladesh** // 23°42'37"N,90°24'26"E

~~~~~~~~~~~~~~~~~~~~~~~~

从新德里飞缅甸的仰光，在孟加拉国首都达卡转机。因为转机需要停留 10 多个小时，百无聊赖中我开始清点身上的资产，卢比啊，卢布啊，美金啊，花花绿绿的钞票全加上，凑了仅剩的 58 美金，跟在一个奥地利人后面，借用他定的酒店地址，以此搞了个落地签。估计来这里外国人很少，机场到市区十几分钟的路收我们这两个老外 200 元。

奥地利老头 Harald，不仅博学且会五国语言，是某世界知名越野车的物流总监。从机场开往市区的路上，我们有了一个共识：虽然一直听说孟加拉很穷，但是我们觉得这里比印度更干净更有序，也更像个城市。司机师傅说，如果机场去市区的这条公路堵车,10km 的路可能要开上三四个小时。这里的服装厂广告随处可见，劳工工资水约 1000 元到 1500 元每月，孟加拉是一个以 infant-industry（新兴工业）转向依赖服装生产出口型的国家。

路上还看见一堆媒体记者围绕在被软禁的前总理官邸前，附近四处张贴着政治海报，孟加拉执政派和反对派为提前选举在此进行抗议。司机告诉我们前一天在这里两派游行发生冲突死了7个人，我们最好待在车里。Harald打趣地对我说：这个国家能上西方媒体头条的除了发达的纺织业外，就是两个穆斯林老太太每5年PK一次争夺执政权。在传统的穆斯林国度，女性出来工作的比例都不高，所以两个老太太轮流执政对我们来说是很新鲜的事情。

那天刚好是周五也是穆斯林的"周末"，清真寺门口都是刚做完祷告出来的穆斯林男人，街上到处是穿着包裙的男性车夫，显得很是热闹。达卡是一座靠人力三轮车拉动的城市，最大的特征就是川流不息浩浩荡荡的三轮车，车身都被涂得五颜六色花花绿绿，仿佛在告诉世人，穷也可以穷得漂漂亮亮的。

在孟加拉主要以伊斯兰教教徒为主，占到80%，剩下的是佛教徒、印度教徒或者基督徒，各宗教间的相处比较融洽。孟加拉曾属于印度，后来因为宗教的冲突，与巴基斯坦一起从印度独立出来，有"东巴基斯坦"之称。

达卡机场的
54小时谈判

📍 **Dhaka，Bangladesh** // 23°42'37"N,90°24'26"E

〰〰〰〰〰〰〰〰〰〰

　　一天短暂的达卡体验后，我开开心心地赶去机场期待去仰光修个冥想课，但是接下来的54 小时发生的一切让我体验了另一种旅途。

　　因为从百度上看到缅甸已经对中国游客开放落地签证，在印度参加完同学婚礼后就买了2015 年 2 月 6 日从印度德里到缅甸仰光并在孟加拉达卡中转的机票。考虑到落地签可能要求出示离境机票，就提前购买了 2 月 10 日从缅甸仰光飞往新加坡的离境机票，并且也提前预定了仰光的酒店住宿。

　　当天由于孟加拉航空公司飞机数量有限，导致达卡到仰光的航班延误 6 小时之久。国家级航空公司延误 6 小时，仅扔给我们一瓶矿泉水加两片面包。鉴于孟加拉是第三世界国家，乘客们也都没有多做争辩，或许原本期望也不高吧。

　　在起飞前，孟加拉航空公司的工作人员一再向上级请示中国护照是否能做落地签，最后电话里确定可以让我登机。晚上 10 点多飞机总算起飞了，到了缅甸落地签处柜台（非入境处），我被告知落地签需要确认信。我立马给一个黎巴嫩的校友打电话（他刚在缅甸注册了公司，我们还约了待我入住酒店后出来喝一杯）求助，他说会立刻把邀请函和他公司的证件发过来，

结果没等我电话说完，也没让我和落地签工作人员再确认或者和入境处官员说上一句话，自称是航空公司安全管控的人就抢走我护照，让我必须马上回机舱并飞回孟加拉。我生气地说："如果入境处不给我落地签，我可以不出国际机场并立即改签离境机票时间或者直接购买最快飞回中国的机票。"但那人完全不听解释还大声呵斥。我流泪恳求打电话给中国大使馆求助，他居然拿着我的护照头也不回地就往飞机走。我只能无奈被迫回到孟加拉！

那时的我已经 30 个小时没有好好睡觉了，拿回行李把手机充上电后直接打电话给中国外交部领事保护急救中心，他们都很震惊为什么机场人员会用这种处理方式，当即把我的情况发送给中国驻孟加拉大使馆。而孟加拉航空还要我付仰光飞回达卡的机票钱，我简直出离愤怒了。在等待大使馆的回复时，一开始孟加拉 Biman 航空中层领导还承认是他们的员工抢我的护照，不给我时间理论是他们的不对，后来直接改口说那些人是缅方入境处工作人员。

我问："据你们调查，那个大声朝我喊话的人是哪个岗位？"
他说："他是航空公司的安全检查员。"
在等待了 4 个小时后，孟加拉航空公司的人都开始嘲笑我："你们大使馆回复你了吗？"这中间我还数次催问外交部领事保护中心，问他们大使馆何时有回复。在等待了 7 个小时之后，大使馆的一位负责人洪先生给我电话了，他说："姑娘，因为孟加拉国两党斗争，政府屏蔽了他们的使馆线路，接收信号很差，所以我们现在才获知你的情况，实在不好意思，你现在安全吗？"

洪先生也是非常地为我着急，并积极帮我和机场管理人员沟通。此时我才知道这场劫难的根源可能是因为我在办理落地签的时候没有"入乡随俗"给小费！我只能委屈地哭着说："大使，我知道在一些第三世界国家因为'文化习俗'不同，入境处可以无理由拒绝入境，我可以理解。但是我们在他国遇到麻烦时希望尽力维护自己的权益。如果我们一两个中国人不给小费就被拒签，那以后来这个国家的中国人也可能要额外付这个钱，也许会有其他人像今天的我一样遭遇同样的事情。哪怕是拒签也需要得到合理对待。"当然我也理解大使出面解决问题也需要考虑很多因素。在大使的沟通之下，机场决定召开最高层会议讨论我的问题。

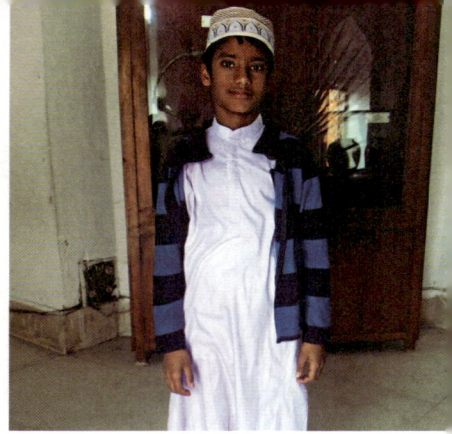

　　虽然孟加拉经济不发达，但是这里的中层员工总体比较和善，非常尽心地帮我联系上级部门，还专门派人送早餐和中餐。一方面可能两国外交关系和民间经商关系比较和谐，另一方面或许是因为我的坚持让他们第一次碰上这样的案例，并且一个年轻的中国姑娘在据理力争的同时也不忘对孟方工作人员表示尊重与感谢。

　　但是讨论之后还是维持原判，我必须支付遣返机票钱才能赎回护照回中国。

异国维权法宝
朋友圈 &《谈判技巧》

📍 **Dhaka，Bangladesh** // 23°42'37"N,90°24'26"E

下午 4 点在候机厅碰上了 Harald，他看到我还在机场无比诧异，听完我的讲述后他更是不敢置信，说他下飞机后会帮我做互联网媒体舆论攻势，用媒体给航空公司压力，同时鼓励我用媒体的力量维权。突然间我正义的小宇宙热血沸腾，那一刻，我觉得我必须得为曾经受过类似遭遇没得到妥善解决的朋友找一个答案。

Harald 说："你至少得让中国同胞们知道缅甸入境处的处理方式，和孟加拉航空公司的善后方法，我也会告诉我所有的朋友。" 一个外国人都如此义愤填膺，在剩下的 20 个小时里我无论如何也要全力维权。若碰到这种事情的中国人都能够尽力维护自己的权利，中国护照会更有威严吧。若我们每一次都不站出来找回尊重，还会有下一个，下下个中国人一次次妥协。无论如何感谢驻孟大使馆提供的帮助，孟加拉航空 Zihad 经理和他同事对我处境的理解，赞同我的立场并帮我尽量争取航空公司返航费用。

当我把事情的原委发在朋友圈后，有很多不认识的朋友在第一时间打来电话或者发来短信问我"我现在能为你做什么"，这些人可能是我朋友的朋友，甚至可能素未谋面，让我备感温暖且感恩于心。

再三交涉之后，我还是被告知没有任何选择，除非给钱赎护照，我说我不会接受你们的决定，理由有三：

1) 航空公司多次在登机前确认可以落地签才让我登机。如果是因为我不符合签证的条件，可以拒绝我登机，而不用等我过去又把我撵回来。虽然主要责任在于乘客，但不能否认航空公司也有一定的失误。

2) Biman 航空作为国家级航空公司延误 6 个小时，才导致我在目的国只有 10 分钟的停留时间。若航班是按预定时间起飞，我或许会有更多时间与落地签工作人员交涉，或者进一步咨询入境处工作人员，而不是被抢夺护照强行遣返孟加拉。

3) 把我塞回机舱的时候，工作人员也没有任何解释和说明；至今，航空公司没有明确地说明那位工作人员的真实身份。

我蜷缩在机场的沙发上度过了漫长的一夜。达卡机场没有空调且蚊子巨多，我在燠热的空气里默默忍受蚊子的各种骚扰，心里却呼呼刮着北风，只觉得自己像是棵命运多舛的小白菜。在第二天早上 9 点开始的新一轮谈判中，我表示很多中国的朋友和媒体都知道了这个事情，并高度关注后续发展。在 10 点钟的时候 Zihad 给我带来了好消息，孟加拉航空决定免掉仰光返回达卡的机票钱，并对我在仰光机场发生的一切表示同情。

那一刻我的眼泪唰就下来了。其实这两天的国际长途话费差不多已经可以付这张机票钱了，但是这事关一个游客的权益和一个中国公民的尊严，我必须据理力争。最后这个结果也证明了我的坚持是有意义的。

当天下午 2 点我坐上了从达卡飞上海浦东的航班。我也给刚回到奥地利的 Harald 发了个短信，谢谢他的关心和建议，事情已经得到妥善的解决，让他无须再担心。

这里也不得不说学校里教的"谈判技巧"还是可以派上用场，我需要思考各方的利益和痛点在哪里。我一方面强调孟加拉航空公司在这次事件中需要承担一定的责任，同时也温和地表达，若孟方积极处理此事的话，我会告诉关心此事的中国朋友孟方的人文关怀，对 Biman 航空也是免费的事件营销。因为对于孟加拉航空来说，这其实只是签个字做个顺水人情而已。在谈判过程中永远以风险是否可控与效益是否最大化为影响决策的第一核心要素。

而对于我，一个弱小的独行游客，一方面希望维护自己权利，把自己的经济损失减少到最低，另一方面还需要维护自己维权的形象，因为我是一个国家公民。静下心来换位思考，把彼此的利益放在一个竞技场里寻找一个平衡，这是一个博弈的过程。比起在外大喊大叫撒泼打滚，既白费力气又有损个人与国家形象，谨记异国维权法宝：朋友圈 &《谈判技巧》。

同时，每国都有不同的签证政策，各领事馆的签证材料要求也都有不同。除了这些明文列出的签证要求，一些政府网站上没写出来的"潜规则"可能会导致你意外被拒签。有时一些政局不稳定的国家的签证攻略也会随时收紧。这都需要在出行时备好相关材料，尽可能多地搜集信息，做好确认，并且准备好 Plan B（备选方案）。

拥抱世界大同，笑对风云，也是人生一堂精彩的课程。

印度教中的生死轮回 -

尼国人心目中的"中国与印度" -

中尼友谊公路的九九劫难 -

尼泊尔

Nepal

印度教中的
生死轮回

📍 **Kathmandu,Nepal** // 27°42'00"N,85°20'00"E

~~~~~~~~~~~~~~~~~~~~~~~~~~~~~~~~~~

　　蓝天下庄严的庙宇，无数的鸽子落在屋檐上小憩。虔诚的印度徒们忙着对三大神进行朝拜。坐在杜霸广场上，两个在尼泊尔做了 5 年公益的意大利老头和我讲述了印度、孟加拉、巴基斯坦和尼泊尔的各种历史渊源。孟加拉曾被称为东巴基斯坦，主要为伊斯兰教信徒，现在的巴基斯坦被东印度公司称为西巴基斯坦。现在印度的民众主要为印度教徒。

　　尼泊尔在历史上一直是一个王国，哪怕英国殖民印度的时候也是独立的，且尼泊尔是纯印度教国家。印度和尼泊尔的国界是开放的，全世界只有印度公民无需签证即可进入尼泊尔，印度卢比在尼泊尔可以自由流通。尼泊尔的市场里，男店员基本精通英文、中文还有其他外国语，开口就是："你是白富美吗？" 他们的个性和印度男人完全不同，很黏人且油嘴滑舌。我问："为什么在印度和尼泊尔的羊毛围巾店里都是男服务员却没有女服务员？" 他说："怕秘密外漏。"

难不成怕女店员在招揽顾客的时候被娶走泄露了制作羊毛围巾的秘密？还是因为 Kashmir（克什米尔）的女人不能出来接待顾客？

　　尼泊尔曾经的一个国王给三个儿子各自封地，分别为加德满都、巴德岗与杜霸。直到2008 年尼泊尔才废除君主立宪制成为共和国。以牛为神的印度教里，眼镜蛇也是他们的保护神。这个印度教圣地处处都有神，大街的窨井盖上都有神塑，我走路都得小心翼翼，以免触犯神灵。

　　对印度徒信奉的灵魂转世好奇已久，姑娘我花了 1000 卢比（当时约合人民币 60 元）进火葬场看烧尸。印度徒相信一个灵魂有 840 万次的轮回转世。他们的葬礼没有中国葬礼的隆

重和哭啼，亲人从洒了无数骨灰粉的恒河里沾点圣水，给逝去的亲人从腿到头沐浴，再用红色香料洒满尸体的头部。如果是至亲还需亲密接触下尸体。简单的诵经之后，便用木头和稻草把尸骨燃成灰烬。若是有钱人家，买实木来焚烧；若是一般人家，就用稻草来烧尸；若是穷苦人家，直接抛尸在恒河。恒河里堆满着未能被水冲走的骨灰粉，有一些"贱民"会下到恒河捡死者亲人扔在恒河里的硬币。焚尸的大叔们被认为是不净之人，接触到死亡或者不好事情的人都属于不净之人。

死亡意味着下一次的新生，这就是印度教里的生死轮回。

尼国人心目中的
"中国与印度"

📍 **Kathmandu, Nepal** // 27°42′00″N, 85°20′00″E

〜〜〜〜〜〜〜〜〜〜〜

　　伴随日出，搭上从加德满都去往博卡拉的大巴，同车的是十多个正去做慈善的尼泊尔人，他们自豪地说："我们从来不属于印度，尼泊尔人更礼貌随和是因为我们的中产阶级比例更多，穷人更少。尼泊尔的基础设施建设每年都在加速。感谢中国进口给我们 500 尼泊尔卢比（约合人民币 32 元）的外套和 100 尼泊尔卢比的鞋，让我们这里的车夫也能在冬天更加保暖，要是以前他们只能用传统的羊毛披肩，穿夹脚拖鞋。"中国的安踏、联想电脑对于尼泊尔人来说也是奢侈消费，感谢他们为中国贡献的 GDP。

　　他们说道："尼泊尔人 8 年前进藏很容易，近些年比较严，但是中尼关系一直很好。不像中印存在诸多历史遗留的疆土争执。我一个在西藏做生意的朋友说这些年西藏改变非常大，不管是老百姓的经济收入还是基础设施建设，尤其是青藏铁路的开通带去了很多机会。中国政府做了很多工作，没有政府的支持，西藏不可能有如此大的变化。"他指着眼前的公路说："我们在 2008 年奥运会电视里，才真正感受到中国的发达。我们尼泊尔也在努力发展之中，你看这里的路以前都是很窄的，为了解决交通阻塞政府加宽了道路。"一路看着尼泊尔人把衣服晒在田地里和屋顶上，破旧的房子涂上了五颜六色的彩绘还插着各种鲜花，一片油菜花海中矗立着稻草亭，有种奇异的孤绝的美感。

　　当他问我如何看待中国经济赶超美国时，我自豪地诉说中国近些年的飞速发展带来的变化。中国与印度都曾在相当长的时间内居于世界经济的霸主地位，在 21 世纪则同样作为世界新兴经济体的重要国家在加速发展。

　　尼泊尔对印度的依赖性很强，不仅仅是历史、宗教和文化的原因，更因为尼泊尔没有口岸，大部分的进口需通过印度。貌似尼泊尔人对印度总有些偏见，说佛教起源于印度但是如来佛是生于尼泊尔，而非印度人说的佛祖起源的版本。尼泊尔人有地有田有房，虽然政府穷，但是老百姓过得还不错，街上为数不多的乞丐也是从印度过来的，因为尼印没有国界。

写在博卡拉费瓦湖边

大山半掩在雾霭里
有份宁静的神秘
喜马拉雅雪山之巅
点缀着色彩斑斓的滑翔伞
零星扁舟散落湖中
轻盈地触动着波心
飞鸟在天空里闲庭信步
妇人在岸边低身浣洗

踩一辆20世纪80年代的脚踏车
在湖边破开微风随心驰骋
或要上一杯英式红茶加牛奶
在爵士乐里将身心嵌入这山，这水中

中尼友谊公路的
九九劫难

📍 **Kathmandu,Nepal** // 27°42'00"N,85°20'00"E

~~~~~~~~~~~~~~~~~~~~~~~~~~~~~~~~

　　在尼泊尔的一个星期，短短 200 公里的路程总是需要走上七八个小时，因为大多都是盘山公路。每天总有 7—9 个小时停电，说这里是穷山僻壤也不为过。想想浙南和福建也是丘陵地带，我小时候去上海 400 多公里路要坐上 15 个小时客车，现在高速自驾只需 4 个小时，高铁更是只需两个半小时，这些变化都离不开国家对基建的大力投资。

　　想起曾经看过的《温州一家人》，我想说浙商精神确实值得申请世界非物质文化遗产。温州人当年卖纽扣，因为没有运输渠道必须依赖金华铁路，运力不够，商人们就自发筹资建铁路。在西班牙几十万华人里面，有多少青田人和温州人是靠着他们勤奋的双手开着餐馆和小超市来扎根异国他乡。虽然他们整体文化程度不高，但是对行走欧洲的中国人都非常热情。每每我在欧洲差旅时遇到问题，只要看到挂着红灯笼的地方都能找到帮助。他们相互团结，扶持彼此，才有了欧洲成千上万的中餐馆和小超市，是他们为中国打出了第一个"中餐印象"。

　　记得之前在尼泊尔的街头碰到一个卖唐卡来为贫困同学筹资的中学生，我建议他利用电商

比如中国的淘宝去卖他学校的唐卡，可以帮助到更多的同学。他知道网络也会说中文，但他毫无头绪地看着我。对他来说，能博得我的同情让我去他的唐卡学校多买几幅唐卡，这些钱才是他最迫切需要的。我说你想做电商我可以给你一些建议，但他还是不以为然，后来他告诉我家里没有电脑也没有智能手机。

所以不要想当然地去帮助别人，理想的丰满最容易遭遇现实的骨感。

从加德满都回到拉萨，整整走了 25 个小时。那天早上 4 点起床（中国时间 6:15am)，从加德满都到中尼口岸樟木只有 100 多公里的路却整整用了 7 个小时，一路有 11 次尼方军队查哨，一次次翻开所有的大包小包，检查我们有没有运佛像或象牙出关。到了西藏的樟木口岸，尼泊尔的边检坐着几个像村委会书记的老大爷，也没有穿制服，给我写了几个字就算办了出关。过了友谊桥，我顿时感觉祖国母亲如此伟大。咱们的站岗战士英姿挺拔，水泥大道宽阔平坦。而尼泊尔境内的路坑坑洼洼颠得我上下翻飞。

过中国边检时，帅气的警察哥哥诧异地问我："你怎么会选择这条道回国？"因为走中尼樟木口岸的大部分是从西藏去尼泊尔的登山客或者是中尼的商人。我说，我想体验穿越喜马拉雅山脉的感觉。中国境内一路 8 个哨站，武警加公安无不落下，一遍一遍地搜包登记。因为前半段基本在海拔 3800 到 5200 米的盘山公路行驶，那时正是 1 月份，车内开着空调都能让脚趾头冻得发僵。最后在海拔 4800 米的哨站我几乎晕过去，还好警察叔叔比较热情，让我坐那休息片刻给我端来了热水，过了 10 分钟后耳鸣反应才消失。同车的姑娘说自己没高原反应的反而吐了，有点咳嗽的我也算是幸运，活着挺到了拉萨。

一路同行的几个名校博士有些抱怨，觉得警察一遍遍搜查是无聊至极。我倒是能够理解，他们也是在履行自己的职责。这些同志们住在海拔近 5000 米，且四处无人烟的山里，房子简陋连个像样的厕所都没有，且还要会说 4 种语言，藏语、尼泊尔语、普通话和英语，我在心里向他们敬礼。

我在哨卡站也偷偷瞄到一些搜缴的违禁品。因为我们同车的有来自印度和尼泊尔的，虽然警察不说，但是我知道对他们肯定要比对中国人检查得更仔细。

　　中国境内 780 公里的山路我们用了近 17 个小时。我在心里佩服中国政府，在如此高海拔的险峻雪山上修建了现代化的公路，这也在很大程度上加强了中尼贸易。如果能够加强邻国对我们国家贸易的依赖，我们的外交影响力也能增强。

　　看到日喀则和拉萨夜幕下的璀璨灯光，我终于回家了。

尼甘布的渔市与潟湖 -

斯里兰卡

Lanka

尼甘布的渔市与潟湖

📍 **Colombo,Sri Lanka** // 06°56'04"N,79°50'34"E

飞机落地的时候天还是蒙蒙亮，我敲醒自己的脑袋，大大地伸了个懒腰，跳下了飞机。顺利入境后我在接机厅定了一天的 Taxi 准备好好看看这个南亚岛国。来接我的是一位开着吉利的老头，因为门牙掉了说话有点漏风。一路上他和导游尽职地为我介绍这介绍那，倒是让我涨了点知识。

这个国家有 2000 多万人口，首都科伦坡有 5 万人每天从城外跑到城里上班。机场对面有好多外资服装鞋子的工厂，就 Crystal Martin 这家工厂就有 7 万女工，这也算是世界第四次工业转移潮的一角吗？人口红利的风潮从亚洲四小龙一路刮到中国大陆再到东南亚，实际是国际商业巨头屡试不爽的低成本产业扩张之路，而没有核心技术只有廉价劳动力与自然资源的第三世界国家只能啃噬巨头们技术溢出的残渣，毕竟这个世界还是靠价值创造来决高下。

从科伦坡到尼甘布的路边，一溜都是煤气与蔬菜广告。市场上还有卖柴火的，推测这个国家煤气还没有完全普及。公交车看上去像是穿越回了 20 世纪 90 年代的中国。政府一般

承运短途，私人大巴跑远途运输，近距离的交通工具一般就是自行车、摩托车和印度产的 Tuktuk。斯里兰卡特有的金色椰子可以直接砸开来喝，青色的就作为工业用，如做洗发油等。这里的人还是很热情，即使问他们一些比较隐私的问题都不觉得突兀，也不会生气。

一位要好的斯里兰卡裔同学曾告诉我，斯里兰卡内战了 25 年，直到 2009 年才正式停战，其中多少锡兰子民因为战火出走异国他乡。因为这里曾是英殖民地，所以基督教堂随处可见，倒是印度教寺庙较少。虽然斯里兰卡基建不发达，但比邻国印度要干净整齐许多。这里的女人的服饰与南印度相似，男人的穿着与孟加拉男人相似，拿块布一包就是裙子。

每天清晨 6 点半，住在海边简易的棚子里的渔民老伯们伴着日出拉网归来，浑身都带着新鲜的水汽。在尼甘布的海边，目睹当地渔民现场制作金枪鱼罐头。他们把每天捕获的鱼放进盐水桶浸泡两天，剖开鱼肚后放在海滩边晾干。若天气不好就用黑布盖好，因为天空中到处都是虎视眈眈的乌鸦，渔民们也养了些狗来看守。入海口边上的渔市从凌晨 3 点开始就热

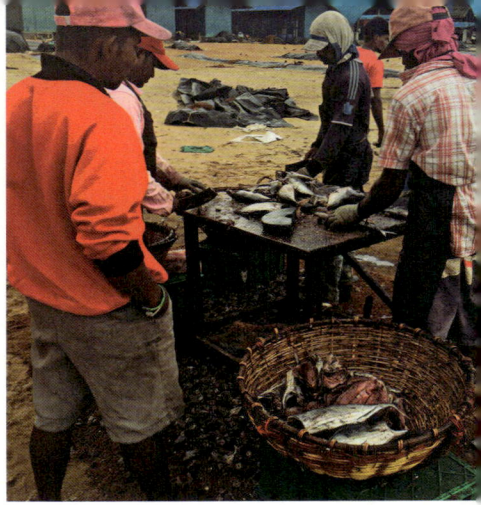

闹非凡。当地小哥们去市场里拿几条金枪鱼分成块状装进泡沫箱放在摩托车后座，再沿路叫卖到各家各户。

走了这么些路，发现几乎有潟湖的地方都会有座城市。

墨西哥坎昆和美国迈阿密的潟湖遍布着富人游艇俱乐部或高级餐厅，尼日利亚拉各斯的潟湖是穷人水上棚屋的栖身地。斯里兰卡科伦坡的潟湖除了私人别墅林立，也是当地老百姓每日打渔的必经之处。当年的殖民者为了方便贸易建了 93 英里的运河从潟湖通向印度洋，河两边茂密的丛林绝对是大自然的恩赐。

马拉喀什的疯狂敲诈 -

撒哈拉的满天繁星 -

摩洛哥王国的童话故事 -

摩洛哥

Morocco

马拉喀什的疯狂敲诈

📍 **Marrakech,Morocco** // 31°37'48"N,08°00'32"W

~~~~~~~~~~~~~~~~~~

在一晚疯狂的夏假派对之后,2013 年的 7 月 29 日早 6 点半,我拖着疲惫的身躯前往第一个踏足的非洲国家——摩洛哥王国。刚下飞机,我顿时觉得自己进入了烧烤模式,这里的温度比夏天的迪拜还夸张,随便扔个鸡蛋在地上估计都能烤熟。同飞机的还有几个会阿拉伯语的西班牙年轻人,他们是去摩洛哥南部的一个公益机构给小孩子上课。我就跟他们团队一起,叫了辆没有空调的"报废"出租车,6 个乘客加司机共 7 个人挤成一团,呼呼奔向市中心。到了摩洛哥主广场,满大街的驴和马,动物粪便的恶臭一阵阵袭来,也是醉了。

和西班牙驴友分手后,我打了个车去离城区 15 公里外的 SPA Resort,据说这酒店经常有球星来度假,因为此次独行北非出于安全考虑才小小地奢侈了一把。

司机待我一上车就说："China，Japan，Korea，very good ！" 再补了个 "我们很团结"
的手势。

"America，not ." 用了 "打手枪" 的姿势去鄙视美国人。

"Jack Chan，here，movie ！" 他不断强调着。我感觉我来到了一个对中国人比较友
好的国度。

从市区到酒店的一路，几乎都是沙漠，人烟稀少。路两边偶尔可见一些苗圃和有一个红色
五角星的摩洛哥匡旗，不时出现他们王子 Ahmed 的肖像。

酒店是以玫瑰为主题的别墅酒店，花花草草开得甚是鲜艳，还有沙漠地带特有的仙人掌，

房间有 100 多平方米且带有私人花园。但是所谓的四星酒店，前台服务员的英文水平简直让我无语凝噎。到晚上才发现，我是整个酒店唯一的客人，因为斋月期间客人少，厨师都放假了也没有餐厅服务。幸好前台小哥人很好，给了我煎鸡蛋和橙汁对付一下晚餐，不料居然有 11 只野猫直接爬上饭桌与我"共享"大餐。

回到老城广场，酷暑难耐之下我找了个餐厅休息，碰到个好莱坞小导演来摩洛哥取景，他是西班牙裔美国人，骑着摩托车从法国直下西班牙，乘轮渡跨过直布罗陀海峡到达摩洛哥。奇葩的是，我们在同一家餐厅前后各点了杯橙汁，最后店小二收我 15dlm（道拉姆，摩洛哥货币），收他 10dlm，让我顿时对这个国家的信任度大打折扣。

因为摩洛哥不是中国游客的热门之地，也没有太多关于撒哈拉沙漠的旅行信息，我只能顶着毒辣的太阳在广场附近搜寻能去撒哈拉的旅行社。路上被一个导游忽悠到一个小有特色的餐厅，摩洛哥的物价水平不高，跟泰国差不多，但是一个单人套餐竟要我 180dlm（约合人民币 160 元）！幸好碰上好心的法国人友善地提醒，让我拒绝，还请我品尝了当地的薄荷茶和面包，帮我解了围拒绝了霸王菜单。

离别前那位法国绅士还帮我叫了出租车，从 100dlm 砍到 50dlm。因为摩洛哥曾是法国殖民地，所以法国人在此度假有语言优势。结果那个蛮横无理的司机半路就改口向我要 150dlm，我装作听不懂，示意他到酒店再说。因为如果此时拒绝他，万一把我扔在这荒郊野外，我岂不是叫天不应叫地不灵，何况临行前夜我的手机被偷，随身只带了个 200 块的 Nokia 砖头机且还没来得及买电话卡。到了酒店，他还是执意要 150dlm，在一天各种被宰之后我终于发飙了。我让酒店服务员和他说："我们说好的就是 50dlm，你若半路涨价我有权不付，你可以直接打给警察，我不介意！"那时的心情还是很忐忑的，因为这毕竟是摩洛哥不是瑞士啊！但想想星级酒店应该会对住客的人身安全有所保障的吧！

在酒店服务员的调解下，我最终给了他 60dlm。马拉喀什，是继巴西圣保罗、马来西亚吉隆坡和美国洛杉矶之后另一个让我觉得心生恐惧的地方。圣保罗被持枪抢劫丢了 iPhone；吉隆坡是出租车司机半路要价，我为了赌一口气半夜下车独行，幸好遇上好心华侨送我回酒店，不仅如此，双子塔里的餐厅服务员把 1 块马币当成 20 块找零给我，等我转身一想不对回到柜台，她矢口否认且装作听不懂英文；洛杉矶的汽车旅馆门口，我和朋友 Rebecca 撞上一堆墨西哥醉汉被吓得个半死。

总而言之，在马拉喀什不会说法语和阿拉伯语注定被坑死。

在老市场问厕所在哪，寻服务员居然问我 Could I go with you？（能和你一起去吗？）女生千万不要穿露胳膊露腿的衣服，至少会被语言调戏。不过这里警察多，那些男人也是有贼心没贼胆。当地人若说帮忙做什么事一般都会要钱，最好不要理会。在景点处若给当地人拍个照，他们准管你要上个二美金。在老街买纪念品，若要价 100dlm 你就以 25dlm 为目标砍价，因为在当地人的眼里游客都是土豪，不坑你坑谁？千万不能上没有说好价格的出租车，或者那些谈好价格又半路涨价的，你就大声喊"Police"（警察），不用怕，他们胆不大。

撒哈拉的满天繁星

📍 Ouarzazate / Sahara, Morocco

红石城，是一个名为瓦尔扎扎特的小镇，也是著名好莱坞电影《角斗士》的取景地。这是一座建于 13 世纪的老城，现在只有少数原著民居住在此。没有自来水只能用驴子运水，老城旁的溪流在春秋满水时只用来给动物吃喝拉撒。行驶在红石城附近的谷地，有点唐僧师徒要过火焰山的感觉，突然在红土大山下发现一块绿地不由得眼前一亮，心情瞬间美妙许多。这里的绿地归属于当地的哈里发，相当于一个部落长，由哈里发把田地分租给当地的农民种植各类谷物。女儿出嫁前是手工艺品家庭作坊的主要劳力，编织羊毛地毯是大部分当地女性一辈子的生计，一家子有 20 多口人不足为奇。

　　从摩洛哥南部自西向东行驶，覆满植被的大山慢慢变成半秃状，从红土山到碳化的黑色山体，从慢慢碎化的黄土块到终于出现在眼前的撒哈拉。一脚踏上这块全世界最大的沙漠，广袤无垠又雄浑瑰丽，热辣的阳光洒在绵延不断的沙丘上，制造出一些阴影，有种奇妙的残酷和温柔。

　　趁着夕阳西下，我们每个人在沙漠旅馆里全副武装，以免被金色沙漠所灼伤，挑只强壮的骆驼，只带了相机和矿泉水进军撒哈拉里的帐篷营地。往返 6 个小时的旅途，大腿与坐袋进行了千百次的摩擦运动，保证你一周不能正常走路。如果此生再有人让我骑一次骆驼，我宁愿请

他吃满汉全席。

　　日落之前，深受伊斯兰文化影响的柏柏尔人，开始朝麦加的方向祈祷，驴友和骆驼也都能得以短暂休息。尽管我们此行人不算少，但是除了满天的繁星和浓郁的黑暗，夜晚的沙漠几乎一片死寂，还是让人心有余悸。加上沙地有高低，骆驼行走时颠簸得厉害，尤其下坡时就怕骆驼大叔一脚跪下去，我整个人也会直插沙堆。到了营地，吃完大餐大家开始载歌载舞，柏柏尔人在一旁鼓乐伴奏。

有缘再次碰到那个好莱坞的小导演，他带了一堆专业镜头，给我们拍了很多漂亮的照片。同行的几位驴友和柏柏尔向导还在银河下摆起了千手观音的造型。躺在沙地上，遥望浩瀚的星空，不时有流星划过天际，在这个小小的星球上看大大的宇宙，不免心生敬畏。如此美丽不凡的夜晚，时间好像在身旁静止了，心里都是宁静与美好，让人一生难忘。

撒哈拉，我来之时，满天繁星。

摩洛哥王国的童话故事

📍 Rabat,Morocco // 34°01'31"N,06°50'10"W

从撒哈拉沙漠包了辆老爷奔驰车，一路前行开往四大皇城之一的费兹，结果中途车坏了三次，整得我们灰头土脸。因为穆斯林司机在斋戒，还要冒着高温开上 7 个小时的山路，我和同行的日本旅客都有点担心安全问题。后来我问师傅要不要帮忙开，司机倒是拍手叫好，但是同车的几个日本旅客眼神里透露着对中国人开车的不信任，我也只好作罢。

到了费兹，瞬间从黄土沙漠切换到"草原遍地是牛羊"的风景模式，让我们忘了路上这 7 小时的煎熬。在老城的小巷里处处是运货的驴子，我得随时左闪右躲。这么多年经常被外国人挑衅："你们中国人怎么什么都吃，猴脑也吃！"今天看到北非人连骆驼头都卖，也是蛮稀奇的。费兹城墙上有无数的小孔，我脑洞大开猜想是不是机枪扫射出来的，后来才得知是专门留给鸟儿栖息用的，很是贴心。

听说我要独行摩洛哥，我一土耳其哥们就拜托他摩洛哥的朋友 Shava 来照顾我。Shava18 岁，亭亭玉立，没有披传统头纱，带着穆斯林对朋友的真诚与热情，和她爸爸开了 4 个小时的车来费兹接我去她拉巴特的家。

拉巴特是大西洋沿岸的城市,既是摩洛哥的首都又是四大皇城之一。估计 Shava 是第一次接待外国朋友,异常兴奋。她给我讲北非的趣事,柏柏尔人是如何被阿拉伯人影响,接受穆斯林文化;埃及、突尼斯、阿尔及利亚、摩洛哥等北非国家被法国殖民的历史;当年摩尔人又是如何侵占西班牙安达鲁西亚地区。

我们还讨论了国家制度、宗教与哲学之间的关系。在 Shava 的生命里古兰经是一个最高标准。我一直坚持不管基督教、伊斯兰教还是佛教,都可比作是一个哲学体系,有自己的一套世界观和方法论。人的一生信奉哪种宗教不重要,信仰的精髓该是体会各个教义原则和指导思想后,根据自身认识与体会提取适合自己价值观且能够遵奉的一套体系,建立独一无二的人生准则。

Shava 带我去画"hanna"(一种画在手上的彩绘),与皇家骑兵合影,体验摩洛哥的儿童节,搭 8 个小时大巴去非洲的圣托里尼——舍夫沙万,逛香料店和各种画廊,开去 300 公里之外的卡萨布兰卡一睹大西洋上的世界第三大清真寺,听她讲摩洛哥真实版的灰姑娘故事。

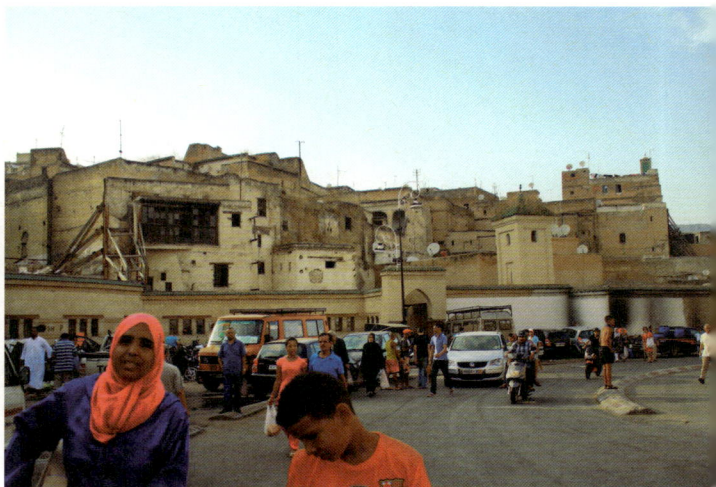

摩洛哥现任的皇后来自贫民阶层，作为学生代表的她在大学毕业典礼上演讲时，坐在台下的国王对这个女孩留下了特别的印象，校长也在国王面前多次夸赞这个女孩子的聪明和努力。当时摩洛哥国王已经继位 5 年，30 岁。后来国王多方打听得知，女孩子的母亲因为癌症早逝，她被父亲赶出家门与唯一的祖母相依为命，身世堪怜，国王也开始对她心生爱意。后来他找到了女孩，对她说，我要你做我今生唯一的妻子。

听完这个美丽的"童话故事"，再看这个到处挂满国旗、尊国王为穆罕默德为一切的国家，也多了一层浪漫的色彩。那天刚好是斋月的第 27 天，也是伊斯兰世界的重大日子。穆斯林们相信，只要在这一天诚心祈祷，阿拉就会给你想要的。街上到处都是穿着白袍的穆斯林，清真寺的大广播一直播放着古兰经，卫星电视里不断转播着麦加的祈祷盛况。看着一个个大男人诚心祈祷掩面痛哭，我非常震惊，深切领会到伊斯兰文化对他们深入骨髓的影响。这个画面不禁让我想起，2013 年新任天主教的教宗在梵蒂冈上任那天，班里的同学竟然让我们亲吻一位同学的手背，只因为他与新教宗同名。在欧洲，宗教曾可以凌驾于皇权之上，在当下的某些政体形态仍然可以看到这一历史的影子。

太阳下山后我们才能吃传统大餐。Shava 一家七口估计都饿得不行了，纷纷抓起食物往嘴里塞。让我震惊的是，Shava 的爸爸招呼都不打就直接玩我的电脑和单反，甚至随意打开我电脑桌面上的文件。而他们在当地应该属于中上层阶级，Shava 母亲是首都一家医院的院长，父亲是一名珠宝商。我只能说修养真的与财富无关，而与教育和国情相关。

东非初体验 -

埃塞俄比亚

Ethiopia

东非初体验

📍 Addis Ababa,Ethiopia   //   09°00′19″N,38°45′49″E

～～～～～～

　　2015 年 6 月 19 日，从上海到亚的斯亚贝巴的十个半小时飞机上，两个热情的非洲哥们儿给我补习了东西非地理、宗教与文化。坐我右边的是专从中国进口吊车机械的索马里人，他说："整个东非属肯尼亚相对开放，埃塞俄比亚、坦桑尼亚和乌干达都相对保守。从那些保守国家的有钱人手里赚钱相对简单。埃塞俄比亚最大的问题之一就是他们没有港口，只能通过吉布提这个小国中转，因为以前的港口被西方各利益集团搅局后变成了厄立特里亚 (Eritrea) 这个国家。"这跟美国控制了巴拿马运河 100 年的策略如出一辙。

　　坐我左边的来自西非小国多哥，边唱边讲他来中国酒吧驻唱谋生的故事。他说："多哥只有 600 多万人口，曾是法国殖民地，相邻贝宁、加纳、布基纳法索和尼日尔。以基督徒为主，全国约有 1/4 人口为穆斯林。我们的邻国加纳曾为英国殖民地，现在发展得特别好，我们从中国回国只能先飞加纳，再坐汽车过境回国。西非另外一个只有百万人口的小国——几内亚比绍，以木材为主的制造业发展迅速，最近还建了海上的机场！"

　　地处东非的埃塞俄比亚有着 9000 多万人口，在历史上曾为意大利的殖民地，也是东非颇具实力的国家，约有 60% 的基督徒和 40% 穆斯林。首都 Addis Ababa(亚的斯亚贝巴) 意为"美丽的花"。平坦的公路，满街的丰田，路两旁多是 7—10 层的现代建筑，中国投资刚建成

的地铁，这些改变都发生在这 5 年间。当地朋友 Kedir 说："埃塞俄比亚人也知道西方国家资助背后会玩很多游戏规则，而中国和我们的文化更加接近，中国企业在这也做了些实实在在的事儿。" 他还自豪地说，埃塞首都是非洲联合银行的所在地，因为他们的领袖曾为非洲摆脱殖民地身份作出了巨大贡献！

到了埃塞俄比亚不得不提他的咖啡，我虽是个伪咖啡迷，也拜托 Kedir 一定要带我去当地最有名的咖啡店。一品之后，口感浓烈，酸度基本被苦味覆盖，但是很香。咖啡厅里站着的年轻人们也非常西化。

非洲，一个原本以为非常不安全的地方，没想到这里让人觉得很平静，很有安全感。这里的人看上去还生活在中国 20 世纪的 90 年代，物质生活并不富裕，但是都在兢兢业业地为生计努力着。Kedir 问我："我和中国一些学生聊过，他们晚上游戏白天上课睡觉的现象很严重，为什么？这很不可思议。" 他送他的孩子去读昂贵的英式学校，希望等他初中毕业后能送到中国学习，成为一名优秀的工程师。Kedir 自己没读过大学，因而对下一代的教育非常重视。如果这是非洲人普遍的观念，那么可想而知非洲的未来会有巨大的改变。

不同风格的东正教教堂

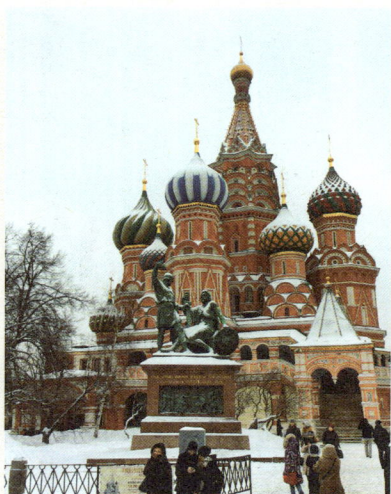

俄罗斯莫斯科

波兰波兹南

波兰克拉科夫

爱沙尼亚塔林

立陶宛维尔纽斯

埃塞俄比亚亚的斯亚贝巴

> 不同风格的天主教教堂

意大利佛罗伦萨

梵蒂冈

西班牙巴塞罗那

意大利米兰

巴拿马巴拿马城

巴西里约热内卢

瑞典隆德

　　Kedir 是个基督徒，带我走访了首都历史最悠久的教堂。第一眼我以为所谓的教堂是清真寺，因为这里的教堂混搭了蒙古包的元素，彻底颠覆了我对东正教教堂建筑风格的认知。埃塞俄比亚的基督教是从北部的埃及传入，而伊斯兰教则是从东面的阿拉伯国家传进来，这两种宗教在埃塞俄比亚长久以来友好相处，已经很好地融合成本土特色，和谐地并存在这个国家里。我一直以为头披白布的肯定是穆斯林，谁知这是声势浩大的基督徒葬礼，成群结队的亲朋好友为逝者送上最后一程。在当地，土葬还是主流，当仪式过后逝者被放进棺木，再塞进一格格的公墓里。这里的墓地也是坐地起价，看来全世界都存在"死不起"的现象。

　　从山上教堂回城的时候，还发生了一段插曲。开车路过高大上的美国大使馆时，我在远处望见难得一见的现代化建筑群，就随手拿起手机拍了个照。结果车还没开过使馆区就被保卫拦截，一般碰到这种情况，当事人当场把照片删掉就好了，但是我们被当地保安勒令下去见"老板"。因为曾经有过被用护照要挟的经历，所以我不肯下车也不给护照。这时一个保安领导过来安慰我说这是例行公事，并命令我们车头必须背对大使馆。 我们在车内相视大笑，原来我们还长着一张间谍脸。后来足足等了十分钟才拿回护照。这些年的旅途，护照就像出门揣口袋里的"孩子"，必须小心翼翼，对它呵护有加！

尼罗河畔话基督徒在穆斯林社会的地位 -

"中国制造"显神威 -

面对红海扪心自问 一定要灵魂伴侣吗? -

埃及
Egypt

尼罗河畔
话基督徒在穆斯林社会的地位

📍 Cairo,Egypt // 30°03′21″N,31°14′09″E

~~~~~~~~~~~~~~~~~~~~~~~~~~~~~~~~~

对埃及的向往这些年一直没有停过，加上埃及老友 Maki 的多次邀请，2015 年的夏天总算满足了我这个愿望。好多来过埃及的朋友告诉我说开罗是个非常特别的城市，值得零距离去接触它。Maki 说开罗有着约 1800 万人口，占全国 9000 多万人口的近 1/5。这里贫富差距也悬殊，上层阶级和中产阶级各占 5%，剩下 90% 的人口中有 50% 的贫困人口和 23% 的失业人群。开罗的物价并不高，油价不到 3 元 / 升。劳工薪资每月只有 1000—1800 元，刚毕业的大学生每月有 2000—3000 元的薪资。

埃及这个文明古国曾被法国与英国殖民过，在开罗的老城里处处可见 17、18 世纪的法式建筑和宽阔的马路。这里仿佛就是另外一个哈瓦那，时不时展示着曾经的辉煌和当下的没落。

或许全世界的男士都有绅士的基因，或许热情好客都是发展中国家人的共性，或许是因为我们深厚的同窗情谊，Maki 邀请我在尼罗河畔享用阿拉伯大餐。作为基督徒的 Maki，对这个宗教掺杂了过多政治因素的国家深感无奈，因为埃及 80% 以上的老百姓信奉伊斯兰教，基督徒只占 10%。在埃及一些地区视基督徒为二等公民，基督教男人不能娶穆斯林女人，但是穆斯林男人可以娶信奉基督教的女人。

我问 Maki："我看到埃及女人在公开场合抽水烟，还有个穆斯林姑娘穿着肉色的打底衫，

外面套着红色比基尼，这简直绝了。虽说不露皮肤是为抵制诱惑，但是如此穿着不是更惹火，是不是有点讽刺呢？"

他说："有些穆斯林女孩平时在外裹得严实，但在私人聚会上常常做出让人意想不到的疯狂之事。"

"看来人性都是越压抑越会爆发！"

"开罗城只有 10 家左右的俱乐部，想进去还必须提前托人预约！"

"那埃及的姑娘性生活开放吗？"

"因当下结婚的物质需求越来越高，导致男人不得不考虑离婚成本，因而穆斯林都允许婚前约会了！"

离开餐厅前，我们叫了服务生给我们拍张合照，当我们做"4"的手势时，被多人提醒你们最好分成"3+1"，因为'4'在埃及是代表某种政治立场。

"中国制造"显神威

📍 Cairo,Egypt // 30°03′21″N,31°14′09″E

　　金字塔一直在我的行程单上，我对宏伟壮观的吉萨金字塔满心期待。吉萨地区有 3 座金字塔组成的国王墓室，6 座小金字塔群组成的皇后墓室。最高的胡夫金字塔有 146 米，用了 230 万块巨石堆砌而成，十多万个工匠用了约 20 年的时间才完成了这个人类奇迹。所有修建金字塔的工人在工事完成后都必须给法老陪葬，以防止法老的木乃伊位置被泄露。

本额外付费请了专业导游指望能够聆听法老、埃及艳后的种种，不料碰上个除了几点基础信息之外也说不出个所以然的导游。不过他拍照倒是很专业，一路上他总是热情地招呼"女王，看这里""公主，看这里"，搞得我还真以为自己很大牌。

此时埃及正处于斋月，所以晚 7 点前的街道畅通无阻，穆斯林们都在家等开饭庆祝。晚 8 点之后整座城市开始苏醒，大街上开始人潮涌动，车水马龙。

在开罗的老市场，耳朵里不时充斥着穆斯林男人的叫卖声，"你好""I don't know what you are looking for, but I have it"（来我这儿看看吧，一定有你想要的。）"很便宜的""漂亮"，一眼望去感觉都是义乌货。

开罗的电子市场里，破旧大楼的屋顶上都挂着巨幅广告，华为与三星都有杠上彼此的意思，东芝、夏普、飞利浦抱团求发展。据说华为在埃及的手机市场份额已经排第三。这几年的旅行中，只要是发展中国家的国际机场都会有华为大而简约的广告，作为中国人，每当看到这个总会生出几分民族骄傲。

　　埃及人民总体还是很喜欢中国人的，出租车师傅会一路指着他的吉利金刚车夸质量好又不贵，我说这品牌就是来自俺家那边的。他听了好兴奋，接着夸比亚迪在开罗开了好多 4S 店，看到边上驶过的摩托车也大喊"悉尼"（阿拉伯语：中国的）。连他那外接收音机的 USB 转接器也要喊"悉尼，悉尼"，还用手示意只要 3 美金哦！

　　"中国制造，物美价廉！"

　　中国品牌非洲化已经走出了踏实的一步，相信还会有越来越多的品牌慢慢进入这里，"中国制造"一定会在非洲大陆显神威。

不同的清真寺

土耳其的蓝色清真寺

迪拜朱美拉清真寺

大西洋上的卡萨布兰卡清真寺

开罗穆罕默德·阿里清真寺

面对红海扪心自问
一定要灵魂伴侣吗？

📍 Hurghada,Egypt   //   27°15′28″N,33°48′42″E

〜〜〜〜〜〜〜〜

　　夏天的开罗酷暑难忍，因为斋月想体验歌舞升平化作泡影，只能去红海度个假避开高温。途经新开罗城，一副百废待兴之象。撒哈拉被尼罗河劈成了两半，到处是黄土和灰尘。高速路边装饰的不是树木而是马赛克花瓶。埃及在地中海和红海的滋润下，成为了历史上最伟大的文明古国之一，穆斯林圣地麦加和三教圣地耶路撒冷也都近在咫尺。赫尔格达犹如红海岸边的洛杉矶，上帝在巨大的沙漠周遭竟赐予了一片如此碧绿湛蓝的海域。

　　躺在阳台吹着海风，仰望着漫天繁星，听着《We are one》，很多杂乱的思绪在脑子冲撞。自己总是在不断地寻求生活的改变和内心本真的所在，这种感觉彷佛走了好久好久，自己的心已越埋越深，连打开的能力似乎都失去了。一个人的房间里静得可怕，一首歌轮播到电池用尽，或许一个人孤单久了已经成为一种习惯，哪里才是我的归宿？真怕有一天丢了回家的路。
那一刻，在开罗清真寺里偶遇的一位陌生朋友发来了信息：

　　你是个感情丰富的人，希望生活与事业都充满温暖；你是个勇敢的人，不断给自己设立目标；你是个爱思考的人，但你很敏感很固执，积极的固执；你的思维有点哲学的味道，因为你总是爱问为什么；我发现我可以说很多关于你的事，总觉得你是个很特别的人。因为我从来没有见过如此像我自己的人，我曾一直在寻找，但是找不到；我敢说这个世界没有人会像我一样，懂你、理解你和鼓励你。

　　他乡遇知己。

　　这辈子，从来不相信世界上还有这样的一个人，他就是另一个我。或许是因为在异国他乡，彼此都是生命中的过客，所以可以卸下所有的保护层，毫无保留地呈现最简单的真心。

　　虽然我们只有几个小时的交谈，但是他就像一个认识很久的人。

　　那一刻，我突然明白，比生我已不再要求另一半是 100% 的灵魂伴侣，人的本能都是不希望另一半完全窥探到最内心的自己，否则就失去了感情游戏中博弈的筹码，而婚姻中两人的相处不正是需要一点神秘和未知吗？灵魂伴侣可能是两性在心理需求上很重要的一块，但应该也不是生活的全部，毕竟婚姻和伴侣也不是人生的全部。灵魂伴侣可以是人生伴侣，也可以是人生知己。人生伴侣是那个一辈子最长情地陪伴呵护你的人，人生知己则是一辈子那个最尊敬最需要珍惜的人。

　　天高海阔，我们都在砥砺前行。

一座城 两个世界
拉各斯机场的公开勒索
非洲黑黑中国行

尼日利亚

Nigeria

一座城
两个世界

📍 Lagos,Nigeria // 06°35′21″N,03°02′09″E

～～～～～～～～～～～～～

尼日利亚是一个西非国家，各阶层的贫富悬殊比埃及还夸张。北部地区以信仰伊斯兰教为主，南面则多信仰基督教。因为尼日利亚是产油大国，全靠原油出口来储存外汇，油价暴跌后导致外汇储备空虚，因而造成进口限制和部分物资短缺。这个国家现在举国断油，不仅因为受外汇影响，听说也与腐败脱不了干系。尼日利亚新政府从 2015 年 5 月交接后，力除腐败和提倡民主。

经济首都拉各斯最大的酒店之一——东方酒店，是中国四大家族之一的蒋氏与前拉各斯地区的最高领导人合伙开的，非常气派，酒店前台还挂着新总统与新地区首长的照片。第一个商业中心也开始进驻拉各斯，这里有 Hugo Boss、天梭、Mango、Lego、Nike、CK、Puma 等国际品牌，KFC 进驻尼日利亚刚两年。

2015 年的 7 月，拉各斯的高端房地产还处于泡沫期。随着汇率波动和美金短缺，很多楼停建。这个国家主要是热带气候，对于我这种南方人来说还挺适应，尽管是雨季也还觉得舒服，只是这里的基建烂成渣。街上的下水道时时刻刻溢出大滩的水，仿佛台风过境。我们路过所谓的新城高端住宅，随处可见水漫金山寺的场景。这里哪怕是高端的餐厅也可能随时停电，因而路边随处可见汽油发电机。非洲人都喜欢大花大紫的衣服，习惯用头顶东西，再重也不提着或抱着。老友好心给了我 5 万奈拉（尼日利亚货币）以备不时之需，我看着这笔巨款有些吃惊，最后才知道折合人民币才约 1500 元。他说，现在你看的是整个国家最好的地方，这里是经济首都；若你去了北部，路都是泥，完全像另一个世界。

去了该国最大的批发市场，回家后半天都没喘过气。在车里随机拍下街上场景，几个黑人冲上来隔着玻璃骂我拍他们，气势汹汹的样子恨不得打开车门把我从车里揪出来。经过市场的时候很多黑人朝我说各种话，还好同学派了个当地小黑给我护航，但还是阻止不了一个小黑故意碰我手臂搭讪。去之前我还特地摘掉手表项链，穿着长袖长裤，手机也揣在裤兜里。回到车里得用滴露多次洗手，因为同学一再提醒在尼日利亚尽量保持卫生，避免被疾病传染。这个市场被垃圾山围绕，中间仅有的空地挤着一堆卖吃的小摊。垃圾河上架了几块木板，就是他们的过路桥了，桥上几个黑人大摇大摆地杵在那里，问我收来回过桥费，还解释说，这钱收去是给桥维修用的。

在市场的店铺里转了一会儿就开始下大雨，大棚都是漏水的，通道又开始水漫金山，我小心翼翼地蹚着水出去，却被黑黑们一路嘲笑："这是尼日利亚的水，不脏的，中国妞！"去个厕所也只能去银行，因为只有那比较干净。回到市场没多久，又碰上市场统一停电，只能靠充电灯照明。这里的产品好多都是其他国家的存货转移到了这个国家，没有品牌的概念。

从同学家到市场有 50km 的路程，早上去用了 2 小时，回来开了近 6 小时。一路憋着尿淋着雨，只为能找个干净点的厕所。路上看到非洲女人在路边洗衣服，当街隔着裙子就脱内裤拿出来洗。小黑司机开到一半，还担心今天油没了该怎么回家，因为加油站也已经好几天没油供货了。堵到晚上八九点钟时路总算畅通了，公路两边的居民区都是漆黑一片，但是街上仍然人头攒动，都是点着蜡烛叫卖的小贩。

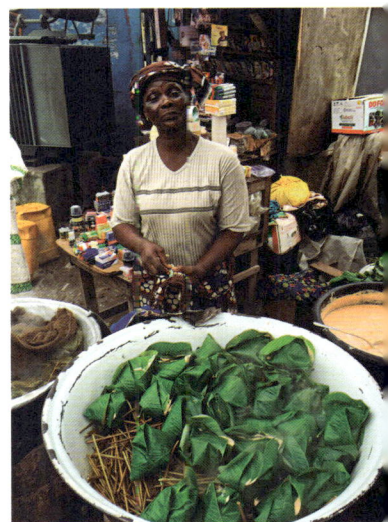

然而这个国家的物价水平并不低，大排档的一盘蜗牛要 30 元人民币，不错的住宅也都在两三万一平方米，一顿中餐人均 200 元，一张《侏罗纪世界》2D 电影票要 90 元，电玩铜板 5 元一个，西红柿 15 元一斤。

这里有带免费 WIFI 的出租车和 Uber 专车

也有四处乱窜的残疾车和摩托车

这里有非洲最大的 B2C 电商平台 Jumia

也有类似中国 20 世纪七八十年代的老旧批发市场

在拉美看过极度悬殊的贫富差距

在这里只有让人更想象不到而已

在这个城市

动不动谁家就拥有一个自贸区

动不动谁家住"汤臣一品",与市长做邻居

动不动一个黎巴嫩家族拥有整条街的所有酒店和房地产

有高大上的越野车和一个个穿着最新潮奢侈品的年轻人

一些餐厅酒吧内

一瓶香槟就是普通人家几个月的生活费

而餐厅酒吧之外

站着多少睡在露天的穷人

还有靠指挥倒车赚一点小费的小老百姓

  在拉各斯的一个中午,同学带我去见他的一位朋友。因为他朋友希望把"迪拜龙城"模式引到尼日利亚,问我能否从"义乌小商品城"的角度给一些建议。作为浙江人,对于义乌的发展也算比较了解,所以也从外商投资的角度分析,尼方需要提供经济、政治、安全等风控保证作为前提。后来才知道,坐我面前的是南部的王子。一些非洲国家到现在还保留着古

老的传统，酋长是古老的统治者。尽管同时设有省长，但酋长的影响力也不容小觑。看来尼方政府也在思考如何提供硬软件设施和政策才能吸引外商到尼日利亚经商投资，政客后代们也都在很努力地想要改变这个国家目前的不良局面，毕竟这是个有着 1.8 亿人口的非洲最大经济体。这里对中国商品接受度很高，中国品牌想要进入应该还是有很多机会。

尼日利亚主要有中国人、印度人、黎巴嫩人和土耳其人几个外国群体，家族亲戚一般人口较多。这里的商二代中学以上的教育大多在英国或北美完成，毕业后回到尼日利亚开始每周至少 6 天乘以 12 小时的工作状态。在工作上，他们不仅要维护父辈白手起家的产业，晚上从 8 点到凌晨 2 点还要忙碌于自己的创业项目，主要是针对北美市场的一些有科技含量的创意项目。他们也就 30 岁左右的年龄。

越来越明白一个道理：天下没有免费的午餐，光鲜的背后都有无限的努力，无论你的出身背景。

在留学的一年里也碰到了一些家世显赫的同学，他们对"低调"的演绎，让我真真切切体会到"贵族"的定义。记得坐我前桌的一个拉美人，平时只穿着最基本款 T 恤，牛仔裤常年就是有好几个洞的那条；上课基本不发言，但从来不迟到、不缺课、不落笔记。当我上课眼睛睁不开想要打盹的时候，他会问我要不要帮忙带杯咖啡；当我偶尔在课堂上举手发言，且被老师夸赞论点新颖时，他会用力地竖起大拇指给我很多的信心和鼓励；班上组织活动，负责收款的这种吃力不讨好的事情永远是他默默来做。到了毕业的时候，大家才知道他是某财团的继承人，让我们更加打心底里敬佩他。

拉各斯机场的
公开勒索

📍 **Lagos,Nigeria** // 06°27′56″N,03°24′23″E

在飞往拉各斯的前夜，在尼日利亚长大的同学提醒我说，进入西非国家包括尼日利亚的外国人必须提前注射黄热疫苗。因为尼日利亚的签证是通过淘宝代理办的，也无人提醒我进西非国家需要打这东西，被逼无奈大早上冲到开罗国家机场去打针。后来碰上一个坐同架飞机第三次来拉各斯的广州妹子，却说从来都没打过这疫苗，她只是给出境检查的人塞了 100 元人民币就出来了。我内心有些崩溃，我不仅挨了一针还付了 30 美金呢！当时还被开罗检验检疫中心的工作人员建议再来一针防疟疾的。

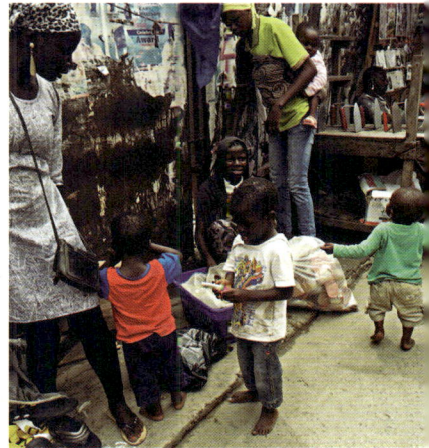

　　非洲这片神奇的大陆，虽只去过尼日利亚、埃及、埃塞俄比亚与摩洛哥四国，还不到非洲国家的 10%，但已经足够让我产生继续探索这片大陆的兴趣。三天前去批发市场被收了 400 奈拉过桥费；前一天去手工艺市场黑黑司机只不过在开车的时候摸了下手机，估计警察看到我这个老外坐在车里，就敲诈了司机 5000 奈拉；今天在拉各斯国际机场更是连续被敲诈了四次，从安检搜包两拨警察各收 500 奈拉，过边检检查行李又是 500 奈拉，在登机口前还让我下行李舱检查行李，问本姑娘要钱，我终于忍无可忍了。

　　自从上次孟加拉机场抗议后，本来心平气和了些。若碰到纠缠的我就给钱，但是都要登机了还敲诈我，难道长着中国人的脸就那么好欺负吗？每到一处就问我 What do you want to give me for the meal ？（你能给我什么好处？）我在心里"问候"了他无数遍！后来一个机场的中层管理人员看我气急败坏的样子，就问我："是不是谁问你收钱了，你告诉我。" 因为这个国家的腐败真心无孔不入，我当时特意拉了个白人和我一起下行李舱，就怕万一黑黑联合起来在候机厅外敲诈我的话就惨了。幸运的是，那管理员把敲诈我的黑鬼吼了个半死，帮我出了口恶气。 在转机的时候遇上在尼日利亚创业 10 年的一位广东朋友，聊到了这个问题。他说："我每次碰到这种事情会直接问他们，你们这么做不觉得脸红吗？或者直接装作听不懂英文。"

　　一个国家的国际机场是呈现给世界的第一张门面，这帮家伙如此嚣张，简直恶心自己国家的形象！

这是个劳工拿近 2000 元每月的国家

这是个每天有一半时间需要靠发电机发电维持运转的国家

这是个 50km 路可能需要开上 6 个小时的国家

这是个半年内货币可以贬值 30% 的国家

这是个三天两头缺油的国家

这是个倾盆大雨只叫冲凉的国家

这是个随处都是头顶大包小包的小贩四处叫卖的国家

这是个贫富差距悬殊到你无法想象的国家

这是个食品安全极度堪忧的国家

这是个连基本医疗都还不能保证的国家

这是个说英语口音变异得比印度人、日本人讲英语还难懂的英殖民国家

这是个国际大牌刚刚开始进入和世界五百强开始并购当地制造工厂的国家

这是个 96% 的人处于贫困生活状态的国家

这是个让 30 年前的"义乌市场"与非洲"亚马逊"并存在一个时空的国家

这是个在重要场所都挂着国家和地区领导人照片的国家

这是一个 50 年来发展停滞但是正准备发力的非洲第一大经济体

非洲黑黑中国行

📍 Shanghai / Beijing,China

~~~~~~~~~~~~~~~~~~~~~~~

　　这是个后续故事。2013 年 9 月我受尼日利亚同学委托照顾他的一位重要朋友的 10 月中国行，我就称之为黑黑中国行吧！

　　他 50 岁有余 商人，曾经被美国拒绝入境；想到中国旅游，和朋友们显摆，顺便为签证记录增值。

　　我到机场接机的时候，他带着 200 块的 Nokia 砖头机，穿着一双拖鞋噔噔噔就跑出来了。为了他在中国沟通方便，我帮他全部定的星级酒店。而让我崩溃的是，我每天平均得接到他 15 个求助电话，因为非洲式的英语连五星酒店的前台都听不懂，需要电话打来通过我翻译，我隔着电话也只能半懂不懂地传话。

　　不知道他的国家有多少贪污腐败和多么不安全，50 多岁的壮汉胆小如鼠，每时每刻都胆战心惊。我说中国机场、中医酒店和中国警察都很安全，你放心你放心！但他每次打电话给我都高度紧张，觉得别人是不是要对他怎么样。特别搞笑的是帮他在淘宝上定了私人包车游，且把安排的所有行程单翻译成英文传给他，但是他每去一个新的地方都非要给我打个电话确认一下，生怕司机把他拉哪里去了。司机把他放在上海外滩后他竟然不敢下车，一定让司机陪着走；送到上海田子坊门口又不下车；送到东方明珠门口排队买票排到一半又不去了，实在是无比纠结。为了让他体验下中国高铁，我提前帮他定了京沪高铁票，还嘱咐酒店帮忙提前一天取票。但他一定坚持前一天早上 6 点亲自去拿票，怎么劝都不行，似乎票不拽在手里明天火车就坐不了。

因为是好友委托照顾的朋友，我只好憋着心中的无奈，每天接十几通电话，不管白天黑夜，有时连句问候语都没有就开始劈头问这问那，语气也不好，全是投诉这个抱怨那个，折磨得我都要神经衰弱了。好不容易熬到他在中国的最后一晚了，以为送他到机场就算是把这尊佛送走了。结果司机提前两个半小时把他送到机场，他竟然能够误飞机！他解释说没看到人在办登机就买纪念品去了。我真的是醉了，醉了！

一机场人员好心帮他找酒店。半夜找了三家酒店，他就从晚上 12 点一直打电话给我，直到凌晨 1 点，就怕被人拉哪里埋了。到了艺龙上挂牌价仅 150 元的经济型酒店，却被前台刷了 880 元。黑黑付款前不电话我，刷完卡开好房间后又跑下楼给我打电话说，他觉得贵了，让我想办法怎么解决下。我给前台电话，但是前台不给退，我好说歹说："咱们中国的形象需要维护，帮忙打个折扣，毕竟平时 1000 块一晚都够住五星了。"酒店前台和机场人员也说，可以特殊照顾下，让他延迟半天退房。他竟然还跟我生气："你没和司机说吗？应该让他 19 点就送我到机场。"拜托，办理登机是 11:10pm 才关闭，你自己干吗去了。我和机场工作人员一致期待，明天 5：00pm 他被送去机场。

真想吐槽：下次来中国请先学好英文，你们那非式英语不通用。中国人民的服务素质已经够不错了，淘宝包车服务为了不要差评对这么麻烦的客户一天到晚细心服务，也没有一句抱怨。中国是全世界相对很安全很友好的国家，请回去告诉你的同胞中国的一切，不仅是紫禁城和外滩夜景，更有中国无名朋友深夜的无私帮助，中国安全的生活环境和人民的友好。此次黑黑中国行让我不得不揣测，生活环境的恶劣让他们如此战战兢兢如履薄冰，也对他们多一些包容与尊重吧。

结果还没等我夸完中国的服务质量，第二天就被啪啪打脸。880 块一晚的酒店竟然连早餐都没有，哪怕付费也没有机会吃。我还得远程遥控通过美团外卖给黑黑叫去了 120 块的早餐，因为地方较偏且外卖又有起步费，以为多叫点食物够他吃两餐，谁知黑黑竟然把 120 块的食物全消灭了。更糟的是酒店竟然失信，到 11 点时前台对黑黑说，若他要待到下午 5 点的话就必须再付半天的房费。

那一刻，我爆发了。因为我心里大概猜到可能是昨晚那位机场人员把他带去酒店的时候向酒店拿了回扣。后来向说话比较实诚的前台小姑娘也求证了。因为是周末，小姑娘说她不能做主，只能打电话给她的经理汇报情况。而经理觉得我们酒店又没多赚你钱，我的佣金都已经给了那个机场工作人员了。酒店的强硬态度让我决定帮黑黑维权，就拨打了北京的110。

用10分钟巴拉巴拉解释完昨晚和今早发生的一切后，110让我打电话给机场服务中心，因为他们必须知道那位工作人员的证件号码，否则他们无权取证。于是我花了10分钟向机场服务中心的人不厌其烦地解释了一遍情况。他们又让我转接到首都机场派出所，于是乎我又絮絮叨叨地向机场派出所工作人员说了一遍，他们要求我们必须人过去现场报案。最后我问黑黑："你愿意多付150块呢，还是愿意用剩下的几个小时待机时间去派出所维权？"这次黑黑威武了一把，竟然也坚持要去派出所。我就让酒店前台帮他写了派出所的地址，再帮他叫了出租车。开始酒店经理不以为然，看我真报了警才开始紧张，连忙联系那个机场工作人员。开始他还推诿说，机场有一些穿着制服的假工作人员，那些人专骗外地人或者老外，实际都是些黄牛。

我说："你们既然能给他回扣，他肯定是你们这儿的常客，我有他的名字、电话号码和通话记录，我们也有时间去派出所慢慢取证。要么你叫那个人过来把钱还给老外要不我们派出所见。我开始给足了你们面子，不戳穿你们，希望维护好中国人的形象，只要求酒店允许他住到下午5点然后送他去机场。我们吃了这个哑巴亏都算了，你们居然得寸进尺出尔反尔，也是让我们没有办法才这么做。"

最后那个机场人员估计是一边收到了机场派出所的调查电话，一边有酒店经理的通风报信，为了保全工作连忙给我打了好几个电话："万事好说话，你看我给老外付到下午5点的房费再把他送到机场可以吧？"这个时候我觉得我谈判的筹码越来越多了，几番电话交涉后，他答应还给老外500元现金让他在机场免税店买点小礼物，再免费请他吃个晚餐并把他送到办登机的地方。我说："如果黑黑开心了，我就打给派出所报告下，说这事情已经私了了。"

两天后黑黑回到了尼日利亚，和我同学说非常感谢我对他的照顾。就是不知道他私下会如何看待在首都被坑一事呢？

独自漫步圣托里尼 祭奠逝去的爱情 -

希腊
Greece

独自漫步圣托里尼
祭奠逝去的爱情

📍 Santorini , Greece   //   36°25'00"N, 25°26'00"E

希腊由众多的岛屿组成，圣托里尼是希腊十大最美岛屿之一。一希腊人说他有个困惑已久的问题，为什么从 3 年前开始有很多的中国人来这结婚？我笑道，那是因为中国几部在圣托里尼拍摄的爱情电视剧火了，给了我们中国人对爱琴海的无限遐想！

坐在位于小镇最高点的餐厅迎着海风，望着对面的火山岛，伴随着优雅的琴声轻轻敲击着桌面。人的一生总需要有些这样的时间完全放松下来，不思考不紧绷，把自己完全放空，淡然恬静地享受时间的流淌。我是幸运的，有一个开明的家庭在背后支持我，让我有机会努力走向更高点去看世界，去实现自己的梦想，为此我将感恩一生。

漫无目地走在小镇上，碰到很多笑靥如花盛装拍照的新人，空气里都散发着甜蜜的味道。

这些年经历了些风雨，身边来来去去了一些人，也看了太多他人的故事，仿佛可以看到自己剧情的结尾。一些情纵然短暂却弥足珍贵，一些人不一定要拥有一生，或许从满怀期待地想要追寻，到心满意足地拥有又无可奈何地失去，这个过程更值得用上一生去铭记。尽管那些人事早已模糊，此时此刻，却走马灯一样在眼前——浮现，但愿我生命里的这些过客现在都好。

OIA 是圣托里尼观日落最美的地方
夕阳在海面撒上一层碎金
爱情 不知此生是否还会再有那种刻骨铭心
经历了也淡然了
听着远处传来的钢琴声
泪花些许闪动
倔强的我们
如果当初可以多些谦卑
少些计较

或许如今也不再是只有落日陪伴的孤单背影

让海水锁住那些时而模糊时而清晰的记忆

在此深埋吧

当太阳升起之时

我们都要带着微笑面对明天

这就是人生！

195

France

法国

从蔚蓝海岸到普罗旺斯 享受心灵释放的假期 ·

从圣米歇尔到卢瓦河谷 挚友从一个靠谱驴友开始 ·

从蔚蓝海岸到普罗旺斯
享受心灵释放的假期

Marseilles / Nice / Cannes / Provence,France

马赛，法国第二大城市，处于南法蔚蓝海岸的西端，是地中海最大的商业港口。坐着中型游艇畅游地中海，映入眼帘的是干净而纯粹的湛蓝，让人想直接跳进它的怀里。马赛峡湾不同于挪威峡湾的宁静幽雅，带着一种平易近人。海风拂过脸颊，吃着偌大一杯冰淇淋，蜷缩在躺椅上慵懒小憩，乐不思蜀。

沿着蔚蓝海岸线，搭着城际火车到达尼斯。这里的游客数量是当地居民的 150 倍，也是有钱的欧洲人选择安度晚年的胜地。在满是石头的海滩晒个日光浴，身体每个细胞都享受到阳光的热情。到了夜晚漫步滨海大道，享受一份地中海海鲜大餐。走走戛纳电影节庆宫，感受电影艺术的魅力。星光大道旁的街头艺人通过敲击盛有不同水量的玻璃杯来演奏音乐，无比美妙。在这种舒适的气候下，被充满诗意的大海包围，也难怪这座城市到处都充斥着艺术的因子。

若没有当年文艺复兴的沉淀，举国浓郁的艺术气息和普通民众鉴赏水平的提高，法匡和意大利的奢侈品牌怎么能领先世界潮流？

　　旅游和度假本是两个完全不同的概念，在我们还把旅行当成一种奢侈品的时候，想要普及度假的概念不太现实。没有假期、人多、出行成本高是国人旅游的三大难题，但是近年来也有很大的改变，出行的中国人越来越多，也让全世界感受到了中国人的购买力。记得 2013 年 12 月去参观印度泰姬陵，发现外国人的门票价格是本地人的 37.5 倍，但是印度人需要赤脚排队 3 个小时，外国人会发鞋套且由保安领着走 VIP 通道。而 2015 年的 1 月去纽约的大都市博物馆，门票钱竟然是由游客随意给。

　　或许每个女生在年少时都有过一个梦想，渴望有一天会有个英俊少年与她牵手去普罗旺斯。而当我站在两千米高地之上，澄澈透明的南法天空下，亮丽的紫色花田布满山丘，薰衣草花香弥漫，群蜂飞舞，不由深深爱上这片在18世纪独立于法国之外的土地。

　　法国的美，不仅有北部诺曼底的宏伟壮丽，中部卢瓦河谷城堡的精致奢华，南部蔚蓝海岸的迷人沙滩，它的很多小镇都是深藏在自然中的纯净之地。徜徉在法国的乡间小道，成片的葡萄树和向日葵与安达卢西亚满山坡的橄榄树一样壮观。在这里深深地呼吸干净的空气，安安静静享受心灵释放的美好。在物欲横飞的年代，简单和纯净都是奢侈的追求。

从圣米歇尔到卢瓦河谷
挚友从一个靠谱驴友开始

St-Michel / Normandy / Tours,France

〜〜〜〜〜〜〜〜〜

2013 年 10 月的一天，我和 milk 同学一个在马德里，一个在瑞士，约了个周末买了张飞往巴黎的机票。定了辆没导航的小车，两人也没有 3G 电话卡，对于几乎走遍欧洲的两个人来说，旅途不再需要有攻略，边走边看或许会有更多意外的惊喜。夜色渐黑，两个人不慌不忙天南海北地聊天，漫不经心地开着车打算随遇而安。终于到了一个不知名的小镇，我们买了电话卡，开始导航，准备一路向西驶向诺曼底。

沿着乡间小路，烟雨朦胧，水雾中隐约可见高大的电力风车。没有路灯的公路上，只有两颗年轻的心在欢歌雀跃。虽然有点滴害怕，但对神圣之地的向往盖过了一切。一路上，不断出现"château"的标牌。后来了解才知"C"大写的话就是城堡，"c"小写的话就是一些酒庄。一个人把持方向盘，一个人拿着谷歌地图指着方向。整整四个半小时，踩油门到麻木之时车速直冲 160km/h。到达圣米歇尔时只有零下一度，而我早上从马德里出来还穿着短袖。

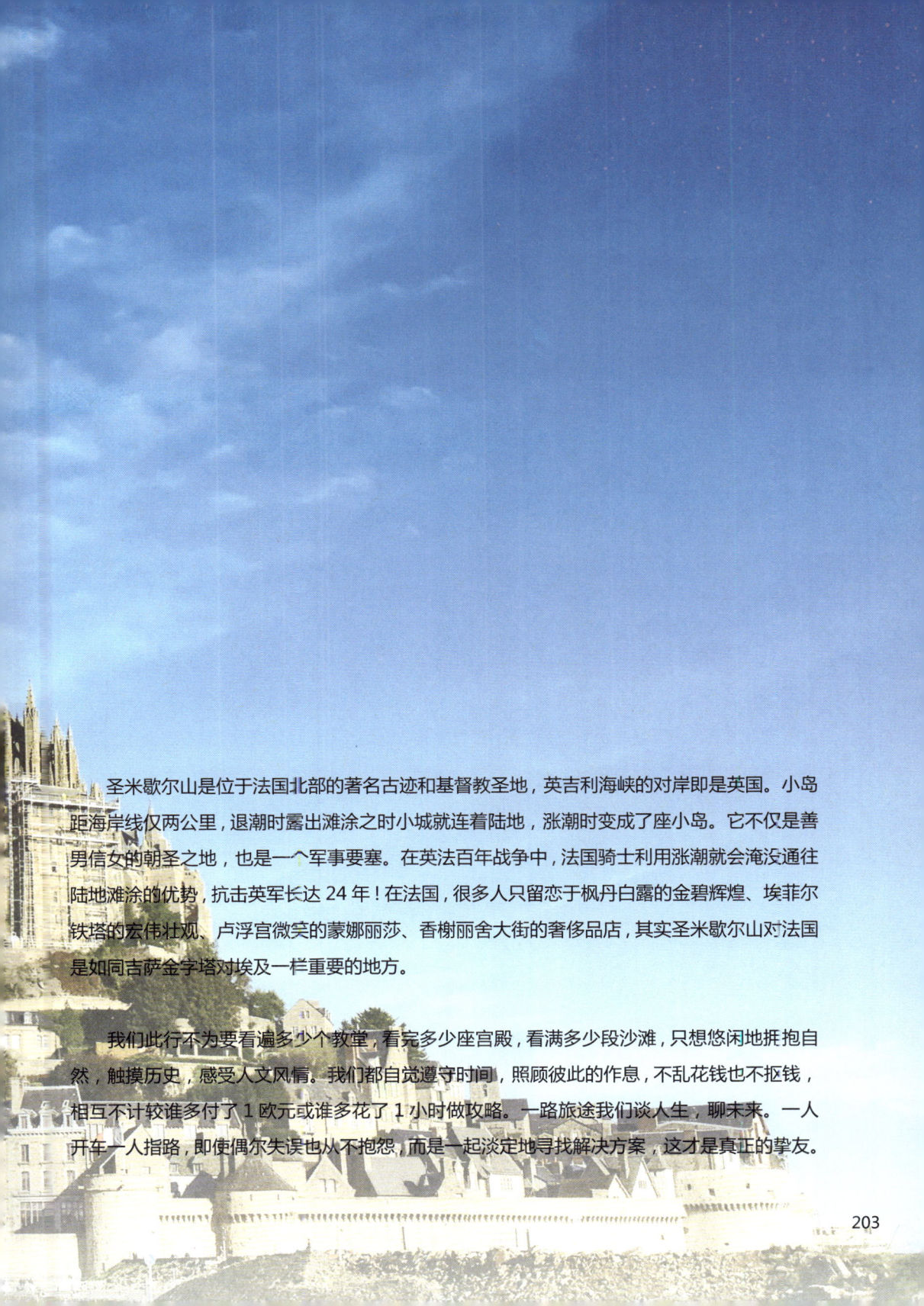

圣米歇尔山是位于法国北部的著名古迹和基督教圣地，英吉利海峡的对岸即是英国。小岛距海岸线仅两公里，退潮时露出滩涂之时小城就连着陆地，涨潮时变成了座小岛。它不仅是善男信女的朝圣之地，也是一个军事要塞。在英法百年战争中，法国骑士利用涨潮就会淹没通往陆地滩涂的优势，抗击英军长达 24 年！在法国，很多人只留恋于枫丹白露的金碧辉煌、埃菲尔铁塔的宏伟壮观、卢浮宫微笑的蒙娜丽莎、香榭丽舍大街的奢侈品店，其实圣米歇尔山对法国是如同吉萨金字塔对埃及一样重要的地方。

我们此行不为要看遍多少个教堂，看完多少座宫殿，看满多少段沙滩，只想悠闲地拥抱自然，触摸历史，感受人文风情。我们都自觉遵守时间，照顾彼此的作息，不乱花钱也不抠钱，相互不计较谁多付了 1 欧元或谁多花了 1 小时做攻略。一路旅途我们谈人生，聊未来。一人开车一人指路，即使偶尔失误也从不抱怨，而是一起淡定地寻找解决方案，这才是真正的挚友。

此行的下一站，回到巴黎与另一帮小伙伴搭伙，一起去寻找卢瓦河谷两畔的精美城堡。

　　从订机票到订酒店，玩命赶时间，每天安排的行程比旅行团还多。所到之处，拍照的时间远多于去参观的时间，埃菲尔铁塔下一个动作要拍40张照片，而且一定要打破黄金比例分割，把她们的人像放在照片的最中央。一个地方才参观一小部分就要匆忙奔向下一个地方，只为完成攻略上的清单。只因为在欧洲手机漫游接个电话需要5毛一分钟，经常不接电话，导致连碰面地点都无法联系，反而还会被埋怨"打电话你不嫌贵啊？"

插曲一

　　在卢浮宫几个安静的展馆内，游客们都在静静地欣赏油画，小声交流，突然进来几个年轻人，高跟鞋噼里啪啦作响，还一边大声嚷嚷。博物馆里不能带饮料食物是常识，但这些人被工作人员提醒之后还要问为什么。在参观博物馆时队友失踪了10分钟也无人过问。

插曲二

　　参观完枫丹白露的拿破仑旧宫后，我们找了家中餐馆解馋。一个队友直接当着温州商二代的面说："菜不好吃，这里的菜怎么这么贵（其实在法国已经非常便宜了），年纪轻轻的卖盒饭，温州人……"

这些年的旅途
多了些人生阅历　多了些淡然处事
少了些情绪起伏　少了些惆怅思绪
多了份自我认知　多了些内心坚定
少了些斤斤计较　少了些自我纠结
自我学习、自我修正、自我领悟
只为遵从自己的心　做更好的自己
所谓挚友，三观必合
人生过客，合则来不合则散

日内瓦湖 "论剑" -

卡佩尔桥畔话亚洲女性的择偶观 -

瑞士

Switzerland

日内瓦湖"论剑"

📍 Lausanne,Switzerland // 46°31′21″N,06°38′09″E

~~~~~~~~~~~~~~~~~~~~

这是非常有意义的一晚,读 MBA 时班里仅有的三位亚洲女性集结在来自洛桑的同学家里做客。夕阳西下,面朝静谧的日内瓦湖,四国青年开始"论剑",但是那晚的聊天却让我无比尴尬。

日本同学:中国人的礼貌好欠缺,今天在超市买水果,一中国老太太占着整个货架买苹果,完全不考虑是否有旁人在等待挑选。

新加坡同学:我现在在 Vertu(奢侈手机品牌)市场部实习,才发现中国老板真有钱,买只那么贵的手机一点都不犹豫的。

瑞士同学: 我们一般戴口罩是因为防止被传染,而在日本旅行时发现日本人生病时会自觉戴口罩,因为不希望传染给别人,他们的自律精神很让我们钦佩。

在欧洲最高峰瑞士少女峰的景点到处是日本、韩国和中国人。一路上随时可以听到国人嚷着帮七大姑八大姨带各种瑞士名表的;坐在驶向少女峰的黄金列车上,有几个 40 多岁的中国

男子要拍窗外美景，旁边的欧洲老头为了他们能好好拍照友好地把位置让出来，但这几人整整拍了 20 分钟后也不知道退下来，似乎完全忘了这位让座的老人。在国外旅行时，碰到长得像中国人的我都主动先说中文，否则经常被认为来自新加坡。早两天在日内瓦机场与一个彬彬有礼的老头几番简单交谈之后，他问："Are you from Hong Kong or Singapore？"（你是来自香港还是新加坡？）我故作淡定地答道："I am from China mainland，not only Hong Kong people or Singaporean can speak fluent English."（我来自中国大陆，不是只有新加坡人和香港人才会说流利的英语。）

那一刻我觉得，改变世界对中国人的观念是我们这代人的责任。我会勇敢地承认有时我们的行为素养确有不足，但是全民都在加倍努力提高自己。虽然任重道远，但我们坚信不久的将来世界会看到不一样的中国。

修养修于

各代人间的教化传承

家人之间的耳濡目染

师生之间的传道授业

社会大环境传递的价值观

修养进于

生活的自我参悟

经历的自我沉淀

内心的自我反思

修养更为

一生必修的功课

卡佩尔桥畔
话亚洲女性的择偶观

Lucerne,Switzerland 47°03'10"N,08°18'00"E

当博客上所有人都在谈七夕时，我才记起今天是 2013 年的七月初七。傍晚时分和 T 同学在瑞士琉森古老的卡佩尔桥畔享用晚餐，看着碧绿的湖水在微风吹拂下轻轻荡漾，两位亚洲女性开始谈论择偶观。

T 是我留学时最要好的女性同学，比我年长 8 岁。她让我帮她参考下她 33 岁的人生正面临的两种选择：

一个是本科同窗加 10 年好友，从小也接受非常好的教育，在世界 500 强公司做高管，家境殷实，长相中等，生活工作稳定；

另一个是研究生校友，正处于创业初期，一切都不稳定，长得入眼，但教育背景平平，他应该不会在短期之内考虑结婚。

"如果你是我的话，你会怎么选择？"

　　"你是个很传统的日本女人，为人善良贤惠，有礼貌有修养，内心坚定且经济独立。一切都取决于你期待的生活方式，你想要稳定的生活还是想要赌一把，寻求生活的刺激？选择什么样的伴侣成就什么样的下半生。"

　　她满脸愁容地叹气道："就因为我们受过很好的教育，同样可以做很多男人可以做的事情，所以我需要不平凡的男人来征服。很多日本女孩在婚后会选择相夫教子，你说我们硕士毕业后回家做家庭主妇，这简直就是资源浪费。"

　　我笑道："可能受过高等教育后的持家水平可以更上一层楼！"

　　总而言之，我想我可以理解她的一些无奈。在学校里只要有很多日本人一起的时候，日本女人必须得让日本男人先进电梯和先出电梯。若大学毕业的年份相差 4 年以上，小辈必须要用敬语否则被视为大不敬。一边听着 T 讲述她的过去与现在，或许我也得想想自己的未来到底想要什么。

2016年的1月20日，T从日本发来了一条短信。"晨曦 我结婚了！我们通过婚姻中介认识。他比我年长 8 岁，离过婚，有一对儿女，有自己的一份事业。我们见过几次面之后觉得彼此不错，也征得了父母的同意，会在 3 月份在夏威夷举行小型婚礼，希望你能来参加。"

先是震惊于她跨入婚姻的速度，冷静片刻后，由衷为她找到自己的归宿而开心。近期多年的好友 Victor 对我说："晨曦，你就是一符合这个社会发展，但不符合社会传统的产物！"

"啊，怎么说？"

"你看现在像你这样的女性，经济独立、人格独立、思想独立，你们确实不用依附男人，你们渴望自由、渴望尊重、渴望更有能力的男性出现供你仰望，这些观念都是符合当下社会发展的产物。"

"那不符合这个社会传统怎么说？"

"因为中国自古就有男强女弱的传统思想，我自己也是个男人，内心也希望自己的女人能够依赖我；同样我也理解作为一只'海龟'，有自己的想法和原则也是必然的。但你也知道，像我们这种小城市，父母都希望儿女去银行或者政府混个安稳日子，尤其是女人不需要如此折腾。"

回国的两年，我无数次认真思考过这个问题。比如说，我们觉得一些人在咖啡厅里打牌很奇葩，但是他们自己并不觉得有什么可奇怪的。海归，传承着中国的文化传统，又在塑造三观的年龄里接受和融入了西方文化的些许元素，所以在观念和思维方式上发生了很大的改变。

在东方传统社会里，每个人在乎的是个体与社群之间的联系，相互比较相互评判，所以往往"我在别人眼里过得好不好比我实际过得好不好更重要"。而西方文化里大家更在乎个体在社群里的功能，付出相应的价值就得到相信的地位与尊重，生活与事业相互独立，有序的社群相处规则，个人的隐私被看得相当重要，也更注重追逐自己内心想要的生活。

若只需要用缜密的逻辑思维来衡量感情与婚姻倒也容易。独立女性对于一段感情的需求已经不是传统意义上的物质依赖。随着时间推移，我们会重塑自己的生活方式、职业发展方向、

　　两性需求、社会认知。两个人一起分享成长，求同存异，结合是为了能成全彼此成为更好的自己。当我们年轻的时候，总是在一路找寻最内心的自己；当我们长大之后，一路反思自省，重新出发来为父母、伴侣、自己与社会创造更多的价值。理解与尊重是让彼此包容与欣赏的前提。若能做到家庭与事业间的平衡，既实现了自我，又能像在瑞士青山上遇到的那对年迈夫妇一样，在垂垂老矣的时候还可以手牵手去看世界，该是多么美好。

　　我们一路都在寻找一种惺惺相惜，能够相濡以沫也能相忘于江湖的自然。

领略拜占庭遗迹 穆斯林兄弟再聚首 –

土耳其

Turkey

领略拜占庭遗迹
穆斯林兄弟再聚首

📍 **Istanbul,Turkey** // 41°00′54″N,28°58′46″E

刚到伊斯坦布尔等机场大巴时，听到了很多当地人对政府的抱怨。土耳其政府在 50 年前把铁路定义为共产主义的产物，当下土耳其举国铁路稀少，国内的物流基本上用卡车来实现。一个年轻人指着 FIAT 牌的出租车说，在土耳其买辆这个的钱可以在欧洲买奔驰了。政府的高税收导致车价是欧洲的 2—3 倍。另一个人说，伊斯坦布尔的穆斯林社会混杂着极端穆斯林和开放派穆斯林，他们的住所错落相间在伊斯坦布尔的各个区域。这个社会看似表面和平，若积累在深层的矛盾一旦爆发则局面不可想象。政客们只顾个人利益，腐败滋生，造成了土耳其 1 人富 99 人贫困的境况。

其实土耳其在穆斯林国家中还算发达，但是城市规划混乱、卫生情况堪忧、机场巴士的无序，是我对伊斯坦布尔的第一个印象。

　　君士坦丁堡是土耳其最大城市伊斯坦布尔的旧名，拜占庭王朝的首府和东正教的中心。直到 1453 年奥斯曼帝国侵入才结束了这个东罗马帝国的辉煌时代。始建于公元 4 世纪的圣索菲亚博物馆就是对这座域池历史最好的诠释。她是一座由东正教堂改建而来的清真寺，也意味着东罗马与奥斯曼这两个曾经无比辉煌的帝国间，让历史与艺术演绎了政权交接、宗教替换与文化相融。

　　博物馆不远处的耶莱巴坦地下水宫是 6 世纪拜占庭时期因战争原因而建的贮水池，一方面为保证宫廷用水供给，另一方面是防止敌人围困有备无患。水宫储水量据说可供当时全城人喝一个月。传说里的蛇发女妖美杜莎，谁要是对视她的眼睛就会瞬间被石化，而水宫里的两个巨大石柱下就压着这邪恶神灵的头像。

对伊斯坦布尔的向往不仅仅在于蓝色清真寺的辉煌和地中海的湛蓝，更是因为我可以见到阔别了 5 年的穆斯林兄弟！在 2009 年初，我们来自 12 个国家的大学生一起在波兰用英文教授当地大学生我们每个人的母语。年轻的我们第一次在海外生活，相互帮助相互探讨，也让我们成为了好朋友。

12 个人里属意大利人和西班牙人最为开放，和来自穆斯林国家的土耳其人有着强烈的对比。作为来自中国的我，似乎比欧洲人更能理解土耳其朋友一天 5 次祷告和对酒精及众多食物斋戒的意义。复活节时，我与三位哥们一起在克拉科夫皇宫玩"行为艺术"，在维也纳寻找茜茜公主的美丽故事，在布达佩斯的链子桥畔狂摆各种造型，在布拉格广场闹脾气失散后在土耳其大使馆重逢。我们一起住青旅，三个大男生每天凹造型弄头发喷玫瑰水半小时才能出门，我这个女生每天几分钟就能收拾好苦哈哈地等他们。我这吃货为了迁就他们一路只吃

222

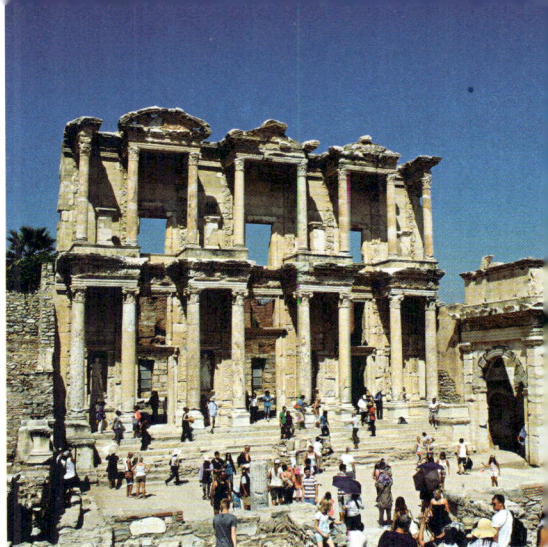

麦当劳......我们的友谊，属于青春，属于欧洲，属于回忆，灿烂于心，激荡于情。

这次跟穆斯林兄弟的聚会，一个做了软件工程师白了些许头发，一个做了工程师学校教授助理发际线越来越靠后，还有一个已婚的在读博士被老婆限制不能来相聚，莫非土耳其也流行妻管严？而我，岁月流消在肌肤的细纹里，青春也已经渐行渐远。大家为各自前程而奔波，明显成熟了许多。我们仨一起坐在酒店的阳台上，遥望着博斯普鲁斯海峡，细细诉说当年往事。

那年波兰实习结束之后，他们几个和我的汉语学生在小城火车站给我送别时，所有人眼泪哗哗直下的那一幕仍然记忆犹新。而多年之后的相聚也是如此短暂，在轻轨电车上我们都面带微笑，而内心都有诸多不舍，此次一别不知下次再见是何时，另一个五年、十年还是五一年？愿真主阿拉保佑我的穆斯林兄弟。

兄弟国间的合纵与媒体论调 -

战斗民族的两张面孔 -

别致的博物馆与芭蕾 -

莫斯科机场小黑屋插曲 -

俄罗斯
Russia

兄弟国间的合纵
与媒体论调

📍 Moscow,Russia // 55°45'08"N,37°36'56"E

2015 年 2 月 3 日，从南半球到北半球，从西半球到东半球，因为时差我安上了一天睡 16 个小时一天睡 3 个小时交替的生物钟。想来是看在我对这座城的喜爱，莫斯科用一片澄澈的蓝天将我包围，把克里姆林宫映衬得更加漂亮，无名墓地在两名士兵的守卫下显得更加庄重。寒风瑟瑟，走在大路上，身旁是匆匆而过的俄罗斯子民，不太能看出他们的喜怒哀乐，或许他们已经习惯了不随便表露自己的情绪。

两周前在墨西哥偶遇的驴友，一位典型的俄国"杜拉拉"美女，她在俄罗斯一家知名的社交媒体运营公司做客户经理，负责芝华士威士忌、万宝路香烟等世界品牌。她热情地邀请我在莫斯科旅行时可以住她的公寓，就在克里姆林宫斜对岸，一个在卢布如此贬值后，一百多平方

米还价值 600 多万人民币的高端公寓。在莫斯科城，碰上讲流利英语的年轻人不容易。但在这个公寓里的美女帅哥都是全球飞人，且都能讲一口流利英语。看着我目瞪口呆的样子，一位美女还直接安慰我说："I know how difficult for you to travel here if you can not speak Russian. I was in Shanghai last December, and that was horrible! There were not so many people speak English!" 我内心吐槽：你说的情况也不至于吧，中国年轻人虽说很多口语不好，但是听英语应该还是能听懂的吧，尤其是在上海这样的城市！不过在莫斯科，地铁和菜单上的俄文字母真心是比阿拉伯文还让人抓狂，连找对地铁站都是困难重重，点菜我都差不多放弃了。

我瞬间转移话题问她："现在俄罗斯经济情况怎么样了？"

她说："普京只是他一个人的总统，并不是为老百姓工作的。因为他下令严格管控进口，现在超市里的很多物资紧缺，一些东西价格都涨双倍了。同时俄罗斯发行太多的国债，卢布一贬值国家就更没有钱了，而且让国家信用级别一跌再跌。"

我说："普金在中国的媒体形象还是不错的。"

她说："那是政府媒体公关工作做得好，给出的信息都是希望让人听到的而已。"

如此回想我在西班牙读书的时候，和同小组来自哥伦比亚的同学总觉得有一些距离感，因为他们从小接受的教育和媒体宣扬的都是美国一切都好，而中国就是个"问题小孩"。后来在学习拉美经济的时候才知道，哥伦比亚就是美国在拉美的眼睛，好比菲律宾对于美国在南海问题上的同等战略地位一样。有一次和一个哥伦比亚人谈南美政治，我问他如何看待哥伦比亚与委内瑞拉的关系。他说："以前委内瑞拉发现原油储量很大所以富有，况且哥伦比亚的内战打了很多年，老百姓生活也不太好，很多哥伦比亚人都愿意移民到委内瑞拉去工作。后来委内瑞拉的查韦斯总统上台后总是与美国政府唱反调，且经济每况愈下，而今很多委内瑞拉人都跑来哥伦比亚谋求生计。"

这样听来，我就更觉得一个政权不可能偏向所有的阶级或者利益团体，就像人在江湖行走也不可能迎合得了所有的人，那就做好自己，知道自己是谁，想要什么，然后怎么做才可以实现自己想要的便可。如果说哥伦比亚对中国有渗入骨髓的偏见，那么中俄之间天然的亲密感也和我们自小接受的教育与媒体论调有关。这就是所谓的先入为主——锚定作用。

战斗民族的两张面孔

📍 **Moscow,Russia**   //   55°45′08″N,37°36′56″E

在抵达莫斯科后，我约见了同班仅有的一位俄罗斯同学。我们班在毕业后留下了一个传统，无论天涯海角，若同学间有机会相聚，必须要在 N4(我们的班级是四班) 的 Facebook 班级群组上发一张合照，且需要两人都出示"4"的手势。我们也无非遵照了传统发了一张合照，写了句"Hi from Moscow"（来自莫斯科的问候）。结果班里另一位德国仁兄又开始对他所谓的"中俄联合"做评论了。他的留言是这么说的：" I see from first hand that there is some Russian-Chinese stuff going on，Europe is watching you."

第一次看这个评论，或许让人觉得是个玩笑，但是我还深深地记得一年半前的那堂"经济学"课，当 50 多位同学正在讨论"世界经济体"的主题时，也是这位德国仁兄，他直接跳起来问西班牙籍的教授："难道我们天天就只讨论美国和中国吗？欧盟就只能站在旁边看看吗？德国也做不了什么？"老师回答说："欧盟的地位确实在逐步削弱……"

那一节课，我这辈子都不会忘记，曾多少次和朋友讲述过。说到这里，我还想起班里的一位美国女孩在"Critical Design Thinking"这门课上发言："……中国制造质量都好差，美国制造就是不一样……"她是开学一个月就和我讲了一句话的同桌，或许因为她说，她是来自纽约！

那一刻，我顿时被敷怒了，反论："中国制造千千万万，我们可以生产 iPhone 也可以生产地摊货，经济学上说，哪里有需求哪里就有供应，你付了地摊货的价格当然也只能买到地摊货的质量，下次请用更高的价格去购买中国制造的产品，谢谢！"

记得那是我第一次如此带着情绪的公开反击，最后赢得了全班的鼓掌，而那门课的教授也来自美国。因为我是班里年龄最小的几个人之一，工作经验浅，一直抱着多听不说话，多向同学学习的心态。一些朋友觉得我太敏感，但在中国俄罗斯委内瑞拉三国同学全加在一起才占 3/54 的班级，可想而知那样的竞技场无形中充斥着多少无意识的非正式较量。作为中国留学生，都希望华为、联想、海尔这些年的品牌国际化进程可以更好地带领"中国制造"形象的提升，我们都会引以为傲。有朝一日，愿家乡的汽车品牌"吉利"也能成为世界的"宝马"。

话说回来，这位莫斯科帅哥同学一直在国家石油部门工作，在国防大厦边上请我吃完日料后就匆匆赶往机场飞往伦敦出差，他一个劲地表示招待不周不好意思（想起两周前在墨西哥城见同学时，我还送她在香港机场买的中国茶叶；后来她带我去吃 Taco 还是 AA 买单），还特地给我推荐了家格鲁吉亚菜餐厅 Hachipuri。这是家比较本土的餐厅，聚集了很多年轻人，在这里可以看到外表严肃的我国人非常活泼开朗的一面，一位老者在一旁弹奏着钢琴，但那优雅的琴声早已淹没在哄闹的谈话声中。人生第一次吃的前菜是一条冷鱼，换成欧洲人是绝对吃不了满身带刺的鱼，主菜是洋葱石榴配香草牛排，甜点中有家庭手工橙香冰淇淋和提子慕斯，我比手划脚问路人不下十次才找到这家餐厅，事实证明太值了！

别致的
博物馆与芭蕾

📍 **Moscow,Russia** // 55°45′08″N,37°36′56″E

~~~~~~~~~~~~~~~~~~~~~~~

　　莫斯科此行参观了 6 家博物馆和画廊。国家历史博物馆足以让人想象当年这个富得流油的公国的繁荣景象。克里姆林宫钻石馆里那些珠宝，即使不世俗的人都很难不驻足发出赞叹。武器馆里的精美马车和盔甲、各大东正教教堂里的精美壁画、国家历史博物馆精美的吊顶，让我眼花缭乱，拼命想去看懂那些俄文注解。

　　博物馆里呈现有各时期俄国疆土的版图，各民族的传统服装与长相特征，还有俄国的国教东正教的各种教堂。与立陶宛的东正教教堂以及曾经的君士坦丁遗留的索菲亚教堂的风格截然不同，宗教的演变和分支应该与历史疆界的重新划分密不可分吧！

　　记得在莫斯科生活了 8 年的老友说过：如果没去过特列季亚科夫美术馆都不算来过莫斯科，因而让我对这个美术馆燃起了浓厚的兴趣。这里的馆藏油画以人物和风景为主，最入眼球的还是各类俄国富太的肖像画，印象最深的是一幅叫《Dream》的画。画中的她，端庄优雅，眼神里充满着希望。

生命中的邂逅不一定都为等待情人而发生，她的眼神里隐含着对未来的憧憬，虽然乞命中某个阶段的自己会对当下产生迷茫却又心怀希望。"她"的气息令我感同身受，我们都依然坚信自己，可以拨云见日去找寻自己的梦想。

而芭蕾，让我对莫斯科的冬天画上深情的一笔。

因为芭蕾，莫斯科萧瑟的冬夜也似乎变得缱绻深情起来。傍晚我跟随人流走进了国家大剧院。我对芭蕾并不陌生，而今晚的芭蕾却彻底颠覆了我对芭蕾的认知。这不仅是穿着纱裙踮着脚尖的舞蹈，这是婀娜的身姿在华丽的殿堂和端庄的欣赏者们注视下的优雅轻盈、柔中带刚，这是在悠扬音乐间肢体舞动浑然天成的绝色演绎，美得令人心醉。舞台上美轮美奂，台下是各种身着晚礼服的俄国美女和梳妆优雅的中年女人，所有人都在尽情展示美绽放美，每个人都是这场艺术盛宴的参与者。

　　整洁的街道、丰富的历史文化和随处可见的窈窕淑女，莫斯科——值得你再次细细品味的城市。欣赏完经典的艺术还意犹未尽，开始一路寻找美味的俄餐续写俄式浪漫。来到坐落在克里姆林宫对面的酒店餐厅，点上鱼馅饺子和手工甜点，经典的红色装饰陪衬这美丽的雪国，温柔地醉在莫斯科！

莫斯科机场小黑屋插曲

📍 Moscow, Russia // 55°45'08"N,37°36'56"E

为了寻找性价比最高的路径从中美洲去俄罗斯，我就选择了从多米尼加经法兰克福转机去莫斯科的航班。在法兰克福转机时我们被阻挡在通道外半个小时，后来才知道是因为办机大厅有可疑行李，需要等爆破专家测试排除危险才能放行。

近 30 个小时的舟车劳顿后，总算到达莫斯科。从入境到行李出关简直就是困难重重，入境处敲章的官员从头到尾翻了我护照上的所有签证页 6 遍，整整 6 遍哦！拿到入境章后，我又发现在行李处已经有 5 个警察等在那，他们一上来就拿走了我的护照。我心里一紧，不是又碰到拿护照敲诈小费的事了吧？

不料，他们竟然示意让我进"小黑屋"，要检查我的行李。我说："搜行李没关系，但是你们必须把护照先还我。" 后来他们的头儿亮出了证件，且不耐烦地催促穿制服的小兵，让他用英文和我说赶紧过去。那一刻，我心里咯噔了下，感觉自己又摊上大事了。

在小黑屋里警察开始盘问我："职业、住哪、来俄罗斯干吗？"

我觉得莫名其妙，漫不经心地答道："旅行啊，有什么问题吗？"反问他们："我是中国人，你觉得我会在俄国做什么？"

然后一个警察开始搜查我的箱包，问我化妆棉是啥？百雀羚的面膜和护肤霜是什么？

我说："这是我们第一夫人用的品牌，你觉得有问题吗？"

这个警察倒还客气，一个劲和我说："女士，不好意思，这是工作。"

我拿出电话想打给过来接机的朋友，因为怕她没等到我会着急，结果一个警察立马抢下电话，勒令我不允许通电话。

这些警察把我的箱包里里外外翻了个遍，连内衣里的海绵都不放过，大有掘地三尺的意思。最后还把我行李箱的每一个角落涂上药水，检验是否藏毒。

警察头儿拿他的手机给我看了一张照片，照片里有一个男人被拷在小黑屋。 他说："这个多米尼加人把毒品放在行李夹层准备偷运进俄罗斯。"我这才知道这场无妄之灾是因为我也

从多米尼加来。其实在等试纸结果的时候，我心里也慌慌不安，万一别人偷偷在我的行李里放了毒品，我不是百口莫辩？之后警察花了 10 分钟写了一封证明信给我，才笑着对我说："女士，你没事了，祝你在莫斯科玩得愉快。"我在 5 张写满俄文的纸上签名后，总算出了机场。

在离开莫斯科的那天，按往常一样从机场出关，结果被边检警察扫描了我护照上所有的签证页，我用手势和表情抗议着：你凭什么？你没有权力这么做，我只是来你的国家旅游，我有你大使馆给我的签证，这一切手续都合法，你没有权力来扫描我其他的隐私。

看我的脸色越来越难看，她停止了扫描，但是我看到她至少扫描了所有与美签相关的出入境章，这个让我百思不得其解，不是说中俄关系一直很不错吗？回国之后，我把"小黑屋"经历和一些朋友聊后才知道国与国之间形势的微妙，有很多的内幕不是我们一般老百姓能够看到、听到和理解的。像俄罗斯、中国这样的大国，每天都面临着很多复杂的局面与挑战，在处理一些事情上可能有些奇怪，多一些理解吧！

莫斯科，再见！

从绿地到冰川 卑尔根的美丽邂逅 -

挪威
Norway

从绿地到冰川
卑尔根的美丽邂逅

Bergen,Norway // 60°23′22″N,05°19′48″E

～～～～～～～～～～～～～～～

乘坐奥斯陆的高山火车，从绿地到苔原，从冰川再落入峡湾，短短的几个小时感受了春夏秋冬四季。卑尔根是松恩峡湾的入海口，也是挪威的第二大城市，位于西海岸线上的漂亮港都。峡湾游轮停靠的老海港，还停满了各种游艇和军舰。港口渔市是吃货必到之处，北极蟹、龙虾、三文鱼、金枪鱼、北极虾等特色北欧海鲜任由挑选，两大盘的海鲜，400 挪威克朗（约合人民币 400 元）。早听说挪威是世界上消费最贵的国家，来了才发现渔市边上的移动公厕竟需要投币 28 克朗（约合人民币 28 元），这真是上不起的厕所。这还仅仅是卑尔根，不知首都奥斯陆是不是更夸张。

六月的挪威，半夜 1 点黑的天，凌晨 4 点亮的天。

清晨 6 点，刺眼的日光已经洒满屋子里的每一个角落，起床漫步北欧海港小镇。

这里的美，虽不能媲美斯德哥尔摩老城的艺术典雅，但三角屋顶的彩色小木屋点缀在蓝天

碧海之间也别有一番风味。屋子简单却又别致的装饰展示着主人的用心，种满各种花草的园子又透露着主人悠闲享受生活的一份惬意。不疾不徐地在大街小巷溜达，心里都是满满的美好。

我在西班牙读书时的后桌也是挪威人，班里很多女生心中的白马王子。一米九几的个子，金黄色的头发，蓝色的眼睛，有着北欧人标志性的内敛和涵养，让人感觉非常随和易于亲近。挪威人大多秉持世界和平保持中立的观念，不像一些英法德的同学骨子里总是透出些许傲慢。或许因为挪威地处北欧，气候寒冷，所以非常专注发展自己的支柱产业——海底石油、渔业、林业。从飞机上俯瞰挪威地貌，碧绿群山中布满了蜿蜒的峡湾，而挪威人就是利用这些峡湾把笨重的木材运往各地。雪白巍峨的冰川已经生长了几千年，不悲不喜地矗立在那里，见证着这里的世事变幻。

斯德哥尔摩机场被辱后的绝地反击 -

专注与坚持　修成正果的王博士 -

坚守职业道德的辉哥 -

斯德哥尔摩机场
被辱后的绝地反击

📍 Stockholm,Sweden // 59°19'46"N,18°04'07"E

斯德哥尔摩在我最喜欢的欧洲城市中排名第二，仅次于巴塞罗那，是一座具有阿姆斯特丹与威尼斯混搭气息的水城。2009 年我从芬兰的图尔库花了 8 欧元坐了 8 小时维京邮轮，穿越波罗的海到达斯德哥尔摩，和小伙伴们走遍老城每家充满艺术气息的小店，碰到过锲而不舍坚持要给我们传教的新教传教士，也在城堡边偶遇一群路人邀请我们喝着红酒面朝大海看日落。我们乘着 35 克朗一次的单程公交车，吃着 40 克朗一只的迷你热狗，觉得好奢侈。那会儿的时光简单而快乐，都是年轻的我们对欧洲的好奇与美好向往；而今瑞典克朗贬值了 25%，我

水上威尼斯（意大利威尼斯）

海上风车之城（荷兰阿姆斯特丹）

松恩峡湾的出海口（挪威卑尔根）

波罗的海上的明珠（瑞典斯德哥尔摩）

安徒生的故乡（丹麦哥本哈根）

对这里唯一的念想就是悠闲地感受下平和简约优雅的气息。

　　然而第三次踏上这片土地，却足以让人气得吐血。从泰国一路飞到斯德哥尔摩，再到第三大城市马尔默，中间转机需等待 4 个小时。原本是晚上 8:05 登机 8:35 起飞，但屏幕显示登机延迟到 8:35，到了 8:15 时，显示延迟到 8:45 分登机。因为已经坐了十几个小时长途飞机，我觉得轻轻一动骨头都咔嚓作响，实在是坐不住了就去柜台问工作人员，还和他再三确认好是延迟到 8:45 登机。然后我才去旁边 100 米远的书店逛逛，活络下筋骨。到了 8:35，当我回到登机口时发现飞机竟然神奇地走了，广播里也没有最后通知。

　　不过人在旅途经历了些风浪也越来越淡定，心想兵来将挡水来土掩，我去航空公司柜台沟通解决问题就好。柜台人员让我改到明天转飞，我说我朋友在马尔默机场等我了，你们能否帮我转成其他航班当晚飞过去。不料他们拒绝了，还不愿意负责当晚住机场酒店的费用。我说这不是我的责任，住宿这是基本的补偿你们都推脱，还能不能好好沟通了！

　　然后挪威机场的售后服务外包柜台帮我打了三次挪威航空的售后电话，第一次说让我先住酒店再拿发票发送邮件，他们视情况再决定是否给予乘客补偿；第二次，售后电话里的小姐说让我去挑个 1000 克朗以下的酒店就好，到时发送酒店发票到售后服务的邮箱，会在指定工作日内得到补偿；因为机场售后外包柜台的人员觉得不太符合廉价航空的常规，就打了第三次电话，电话客服的回复又变回第一个答案。

　　我开始不耐烦了，我说我人在你们机场时你们客服的回复都不一致、不专业，等我回到国内我还能指望通过邮件几句能换来积极的回复？接着柜台的印度籍领导过来，直接很凶地和我说："你不要说话，这件事情就这样，你没有选择！"我说："你们根本不考虑客户的权利！"结果他说："我不和'动物'说话！"

　　简直欺人太甚！我立马跑去咨询台让工作人员帮我叫警察。等警察叔叔到了，我要求那人道歉。结果那男人竟然矢口否认说过这句话，还说我没法证明。我和警察叔叔说："我用生命发誓他确实这么侮辱我，我才叫警察。否则我闲得慌？这就是高度发达的北欧国家！"

　　警察叔叔也是无奈地安慰我："你们各执一词我很难去定夺，所以你只能把这些投诉到他们公司，我们这里也有记录。如果需要我们也可以提供我们调节的记录。有时一个奇葩不能代表所有人，人生这种事情不是经常遇到嘛！"他们还特地把我送到机场酒店。

　　其实在和航空公司理论的过程中，我有想过需要录音，但又想到这是高度发达公民素质有目共睹的北欧，应该没必要多此一举。事实证明，这只是我对这个国家抱有太过美好的想象，任何地方任何时候都可能发生损害与侮辱。

　　现实给我活生生地上了一课，任何时候都要留个心眼。同时，未来在旅行中再面临诸多问题时，需要更理性与机智地处理类似问题，成长的路上总是需要交点学费。

类似的事情也曾发生在上海浦东国际机场，我帮一老外朋友买了上海到高雄的春秋航班，因为他们行李超重要买行李票。后来因为航空公司的新员工没培训好，给了我们完全不同的两种口径。但是只要是穿着这个航空公司制服的员工说出的话，对于客户而言就代表了这个公司的制度。几番周旋后，春秋航空也帮我们妥善解决了。如果一个航空公司因为员工个人的错误而去牺牲客户利益让客户买单，只能说明这家公司的服务理念有问题。

未来还有可能发生这样雷同的事情，还需要具备更机警的意识、更有效的知识、更强大的心脏去应对。

专注与坚持
修成正果的王博士

📍 **Malmo,Sweden** // 55°36'21"N,13°02'09"E

~~~~~~~~~~~~~~~~~~

　　2015 年我的欧洲第一站是只有 30 万人口的瑞典第三大城市马尔默，这里与丹麦首都哥本哈根隔海相望，连接两国的跨海大桥只需 15 分钟就能通过。在马尔默，中国人只有寥寥千人。这个小城也是此次叙利亚难民潮中接收难民最多的瑞典城市，公交车上可以看到一车大半都是中东人，他们与瑞典当地人的穿着风格和行为习惯形成了鲜明的对比。比如北欧人最忌讳大声喧哗，而中东人习惯大声问好和交谈，哪怕是在公众场合。难民们有些土气的厚重外套，脖子上大多点缀着花花绿绿的丝巾，跟北欧人的简约精致穿衣风格显得有些格格不入，在大街上形成了矛盾的一景。

　　此行来马尔默也只是为了看看身为同乡又是本科校友的王博士。当年我们在高考后都是莫名其妙地被调剂到了某农业大学，我被迫修了动物学，他被调到了农学，从那时起我们都被各自的亲朋好友冠上了学养猪、学种地的帽子。为拿掉这"沉重"的头衔，我们都靠着不错的平均绩点转系到看似高科技一点的生物技术。本科毕业后老王一直走在科研的路上勤奋钻研，出国读博深造，也在瑞典安家生子，但还是希望几年后学成归国申请科研项目。

　　2016年2月，老王回国办婚礼。他的瑞典籍导师也不远千里来到小山村做证婚人："Doctor Wang is from such village of China and came Sweden to receive education, he and his wife are intellectual and charm, I know they may feel lonely while living aboard, but they did overcome difficulties and produced Eline in Malmö, she is half Swedish and half Chinese now. All in all, I wish they would have very good future."

　　整个山村的邻居们都为他感到自豪。

　　这些年他付出了不为外人所知的努力，走出了属于自己的一条路。他们刚出生5个月的女儿，每天要在火车上花上往返2个小时的时间去找正在另一个小镇读博士的妈妈喂母乳，一路基本从不哭闹。我想，这难道是人本能的适应功能吗？若周边的环境都是比较安静不喧闹的，在这样的环境里长大的小孩是不是也会安静很多？希望小丫头能在北欧健康成长。

坚守职业道德的辉哥

📍 Lund,Sweden // 55°42'21"N,13°12'09"E

~~~~~~~~~~~~~~~

因为同在马德里一起读 MBA 的辉哥在瑞典爱立信工作多年，也在隆德小城安家了，此行我才得以参观到这个欧洲著名的大学城——隆德。瑞典本来人口就稀少，这个小城的人丁基本全由各大学的学生贡献。走在最古老的隆德大学，安静舒适很适合静心学习、研究和生活。

辉哥：瑞典法律有规定，每个员工每小时里都有权享用 5 分钟的咖啡，但是员工们往往会把这些时间积攒在一起加上午饭时间一起来使用，因为一聊往往都会忘了时间。

辉嫂：你辉哥太实诚，若中间休息时间超过了法律给予的福利，他总是很自觉地把正式的工作时间补满 8 个小时，在爱立信工作 8 年都是如此。

辉哥：我也是回馈给公司应有的价值，因为公司付给我的酬劳是 8 个小时高效率工作的成果，而不只是时间空间上的签到而已。

虽然事小，但这也是一种职业道德观的体现，我打心里敬佩辉哥。

SBC的中西婚礼
领略"次文化"

📍 **Benidorm,Spain** // 38°32'03"N,00°07'53"W

贝尼多姆（Benidorm）是座很美的地中海海边小城，有"欧洲小香港"之称。

　　此行是因为好友 Hai 要娶老婆了。Hai, 西班牙长大的温州华裔，所谓的 SBC——Spanish Born Chinese（西班牙出生的中国人）。大学毕业后，曾在西班牙大型企业的中国分公司工作 8 年，他的普通话马马虎虎，能表达生活所需但认不全汉字。

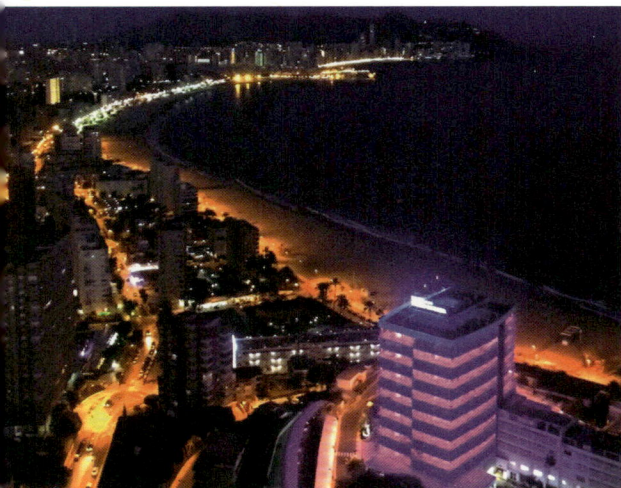

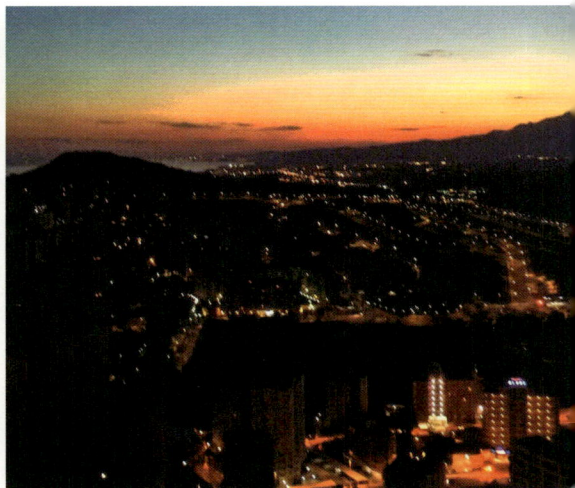

不知道是在海外的华侨数量有限，还是中国人骨子里的传统更偏向与同种族的人联姻，Hai 的老婆是他家人通过温州老家亲人介绍认识的。因为两个人都有 30 岁了，在家人的催促下匆匆领了证，就有了今天这中西合璧的跨国婚礼。婚礼中充斥着西语、温州话、普通话，可能是因为 Hai 在中国工作多年认识了些西班牙籍的中国通朋友，也可能因为 Hai 家在西班牙扎根了 30 年，有很多 SBC 的同龄亲朋。

下午是西式主婚仪式，所有的亲朋聚集贝尼多姆最高酒店的天台，开始证婚人致辞和戒指交换仪式，在这美丽的小城高空满满都是爱意与感动。晚上是中式圆桌晚宴，我们也随传统包了红包，新人还给了橄榄油和桂圆莲子等作为回礼。

Hai 这样的人群有个共性——他们是受"次文化"浸润的一代。犹如西班牙的一道地中海名菜——Paella Mixta（混搭海鲜饭）。就像 Hai 的经历和他的中西合璧的婚礼，都是混搭的典型。在老外眼里 Hai 是个中国人，在中国人眼里 Hai 是个西班牙人。他们长着中国脸，接受着西方教育，拿着西班牙护照，生活在传统的中国家庭，血液里仍流淌着中国人的基因，但是思维模式和行为模式已经完全西化了。

他们不太能深刻理解中国社会沟通需要的语言艺术，柔中带刚，不一语道破让人有回旋余地；他们不能熟练书写中国汉字和理解中国典故。他们渴望婚姻自由，但是身后的父母还保留着浓厚的中国传统观念，适龄必婚，最好来自同一个地方，有差不多的家世背景，这些又让我

们觉得他们也逃脱不了大部分中国年轻人必须面对的问题——如何在自由选择与家庭期待中寻求平衡。

　　我有一个好朋友 K，他和他的爸爸自小都在加纳长大，爷爷是在当年印度与巴基斯坦的战争中逃亡到加纳的。因为老爸的事业蒸蒸日上，初中的时候 K 就被送去迪拜接受国际学校的教育，后来移民去了加拿大，在那完成了高中和大学的教育，还在欧洲拿到了硕士学位。回到加纳后，他花了 5 年的时间还不能很好地融入那个社会。曾有机会和 K 的家人吃过几次饭，我发现在我们面前是全西方思维的 K，在他的爸爸面前是印度社会所期待的努力且传统的 K，在他的发小面前又是加纳长大的那个 K。我曾问过他："你要在不同的场合表现不同的自己，我都替你累！"他说："这是本能的反应，也是大家期待的'孙悟空 K'。"

　　如果说我是"变异"的初级版本，那么 Hai 就是中级版本，而 K 则是高级版本。作为这个社会发展的产物，努力在各自不同层面的生活里演绎着符合这个社会传统的"自己"。

　　因为年龄相仿，我们也讨论关于婚姻的话题。K 说他的父母有时可以和他持续理论 6 个小

时，只希望他能尽快找个印度姑娘成婚。他也在被逼无奈之下交往过一个非常漂亮且很有家教的印度姑娘，姑娘的爸爸也是印度籍加纳人。但是半年的交往让他发现，他这样"变异"的思维模式不是这个印度女孩可以去读懂的，也不是他父母可以理解的。最后 K 告诉我，这是"Third Culture"（次文化）人群的通病。后来 K 还特地去秘鲁的亚马逊寻找叫做"Ayowasca"的神丹妙药，想要通过古老萨满法师的协助看到真实的"自己"。

回到 Hai 的婚礼晚宴上，一桌就有 3 对跨国夫妻。有的是与西班牙老婆离婚后到中国找二婚的重组夫妻，也有在中国工作认识了心仪的姑娘直接做了中国的上门女婿。更有意思的是我们同桌的俩西班牙小鲜肉，一个 13 岁一个 9 岁，都是在中国待了 8 年且接受中英文教育长大的小中国通。13 岁的小鲜肉和我说："回西班牙才发现学校女生都好丑，因为很胖。" 9 岁的小鲜肉和我说："我最讨厌小学里学古诗和音乐课，但是中国的老师却让我们的数学在回西班牙后一直名列前茅。" 因为仪式没有结束，晚宴没有正式开始，两个小鲜肉按捺不住咕噜咕噜响的肚子准备开动，却被他们的妈妈连续教育，所有人的菜未上齐时你们不能先吃，不能用手必须用刀叉吃饭。我看着两位有些不好意思的小鲜肉，安慰他们说："你们妈妈想把你们培养成绅士，这样以后才能找得到瘦瘦的美女！"

对话DBA癌症老友
学会淡然处世

Alicante,Spain // 38°20'43"N,00°28'59"W

〰〰〰〰〰〰〰〰〰〰

　　告别婚礼前往阿利坎特，算是西班牙的"三亚"。傍晚入住熟悉的酒店，面朝地中海，听着海浪声，泡一杯咖啡，在安静的空间与自己独处。此行主要是探望刚发现罹患癌症的 56 岁老友 Carlos。一位曾驰骋商场 40 年，有着 DBA（经济管理学博士）学位的霸道总裁；一个经历过几次婚姻的西班牙男人。

　　清晨，老友早早赶到酒店。化疗后的他略显憔悴，消瘦的脸庞虚弱的身子。陪伴在他身边的是第一任妻子和最年长的孩子。老友还是那副德行，见到我嘴巴就不停地讲着康复后的商务行程，寻找下一块商业热土在哪。 但不同以往只关注我的工作成果，而是鼓励我任何事情都需要勇敢与坚持，没有这两点一切都是空谈。虽然他仍然是个让人"讨厌"的工作狂，但是也明显感受到他的态度和缓了许多，或许是因为生病让他慢慢改变对待生活的方式。

　　这个异常坚强的老头，说起他的事业可能没有接班人，言语中终于带上了些许忧伤。因为他那 20 出头的儿子很有自己的想法，不想接管他的公司，而现在他的身体状况又不容乐观，倘若他离去， 多年打拼出来的事业也将前功尽弃。22 岁的男孩也略显成熟，高高的个子帅气的五官，说一口流利的英文，侃侃而谈自己的学业与梦想。他的谈吐，让我瞬间想到我那同龄的弟弟妹妹们与他的差距，这个差距来源于对自己未来进行思考的主动性和积极性。或许是有一位在商场驰骋多年的模范老爸，才造就了这样的一个"潜力股"？

　　早两天 Hai 的爸爸还和我说，一些西班牙人可以拿 294 欧元每月的政府保障金过日子，但是我们温州人没有 1500 欧元一个月怎么生活？怎么能够吃得好穿得好？好些西班牙人没钱了就想着罢工，却不想多工作来赚钱。虽然我们温州人在这里扎根了 30 年，现在大家也有了些钱，但我们这么多年每天都还在努力工作。

　　这些天我都在想，每个人对工作、生活、金钱的价值观与人生观都源于他的原生家庭与社会背景，源于他的教育背景与视野，源于他的人生经历。

人生宛如大海中的岩石，每天经历着无数次海水的冲刷
每一次的冲击都夹杂着海洋世界里的各种存在，好似生命中各种波折
每一次的退潮都让我们剥去稚嫩的外衣变得更加坚强平和
数年过后，海水依然在，鱼儿依然在，我也依然在
长年累月的风吹日晒·潮水相伴，光滑了棱角，坚实了内心
每天依然看尽无数过客，万千故事
而我在岁月中见证日升日落
心安淡然

三国创业女性的爱情观

📍 **Barcelona,Spain** // 41°23'00"N,02°11'01"E

～～～～～～～～

　　CC，是我内心一直非常佩服的一位创业女性。当年她一个人来西班牙求学到留西创业，在诸多嫁接中西高层交流与品牌连接的重要场合都有她的身影。所以每到巴塞罗那，我总会去CC家赖几天聊聊创业女性新思潮。那晚4个女人吃着中餐，聊着各自的爱情观。

　　一个来自智利，22岁男孩的妈。
　　离婚20年，3年前失去前夫。

　　一个来自秘鲁，39岁。
　　照顾车祸后失心疯的姐姐19年的魅力女性。

　　一个来自中国，29岁。
　　扎根在西班牙10年坚持担任"中西商业桥梁"的姑娘。

　　她们3个都在西班牙创业，都是非常独立、非常有思想、非常努力的现代女性，但是在感情上大家都有很多困扰。她们不乏追求者，却一直没有碰到心动且想要守候一辈子的男人。她们说，越是发展中国家的男人，越喜欢娇弱的女性。从生物本能上来说，男性的自信心强度是由他承受这个社会舆论压力的内心强大度来决定的。

　　女人的话题永远离不开男人，无论她的年龄多大，她的事业成功与否。

晚饭后与 CC 深夜畅聊，距我们上次面对面聊天已有半年。她感叹大家到了现在这个年龄和阶段，该拥有的东西我们已经拥有，不管学历还是能力，也不见得用财富来证明成功与否，至少年轻的时候我们都义无反顾地用勇气、执着与智慧去创造过一些东西，至少我们有过梦想。而现在她觉得累了，很想让生活的节奏慢一点，寻找人生的下一个着陆点。

我相信人生每 3 到 5 年就会有一个生活、事业、心智上的"沉淀再出发"的循环周期。虽然同龄朋友不少，但可以像这样畅聊分享的却屈指可数，感恩生命中的那些邂逅。

晚安，巴塞罗那！

第二天深夜，天黑漆漆的，从车站打车回到自小在马德里长大的华人朋友 AW 家。那一刻我感觉自己的心暖暖的，厨房里的储备应有尽有，整齐又雅致的房间里有全套的生活用品。我调了一杯柠檬水，拌了一份水果沙拉，煮了锅养生粥，似乎突然间明白精致的女人并不是只有华丽的晚礼服和浓妆淡抹，也不是只在职场上谈笑风生游刃有余，更是家居的干净整洁、舒适惬意，懂得各样食物如何适量搭配，懂得精心照顾自己的身体和心灵。

此行小叙的两位优秀女性朋友，CC 与 AW 都各有千秋各具魅力，且都还在朝着更完美努力，我崇拜的偶像啊！

马德里
你就像—"暖男"

Madrid,Spain // 40°23'00"N,03°43'00"W

马德里，你就像一"暖男"

比起遍地都是精致建筑的巴塞，你显得如此朴素

比起充满法式浪漫的巴黎，你显得有点淳朴

比起满城高楼的上海，你显得如此矮小

但是，你却更接近蓝天

你的风韵是如此内敛

可我只需要转个身

就能触摸到

　　马德里是一个特别宜居的城市，物价不高，对外乡人十分友好。吃点伊比利亚火腿和几个 Tapas（西班牙最有名的小点心），看场弗拉明戈，悠闲的话再去个 Discoteca（迪厅）；遍地都是的 EL CORTE INGLES（西班牙零售百货巨头）保你购物不要太方便，C&A、ZARA 等"板

鸭"品牌更是平民至极。这个看起来有点无聊的城市一点都不像个国际化的首都，万事方便还不那么拥挤，若你会几句西班牙语的话，这里非常适合养老！

　　时隔 2 年，此行回马德里探亲会会老友。太阳门广场喝喝咖啡，看看街头杂耍吃个Churros（西班牙油条）；Chueca（马德里市中心的街区，有众多的同性恋酒吧、夜店和咖啡馆）你懂的，直的弯的什么都有；Mercado de sanmiguel（圣米盖尔市场）你懂的，就给外乡游客边吃边留影的。

　　在马德里，我还有对忘带我这吃货体验马德里最赞餐厅的"公婆"。每次去 Peter 家吃饭他们总是和我打趣，问我能否和他们那个比我小 3 岁的儿子谈恋爱，因为 Peter 的小儿子在美国学习中文而且还能写不错的作文。Peter 总是坚持说，你们是受过高等教育的一代，怎么还害怕跨国婚姻？你看我是爱尔兰人，我老婆是美国人，我们能在西班牙创业和生活。

　　跨国婚姻在我的眼里分为两种：一种是一方到另一方的母国生活；另一种是两方到第三个国家一起生活。这完全是两种不同的类型。如果是第一种情况，当一方为了另一半放弃自己母国所有的一切，在陌生的环境开始生活，那里的语言、习俗、社交圈，需要时间去适应、学习和融入，而每当不知所措的时候就会开始抱怨自己这样的牺牲。Peter 的例子应该算第二种吧，两个人一起面对新的一切重新学习，面对问题一起解决，这种共同进退的抱团取暖更容易促进感情的升华。

　　"晨曦，你在想什么呢？是准备嫁到西班牙了吗？" Peter 的玩笑把我从沉思中拉了回来。看 Peter 老两口近 60 岁了，一个和我聊景德镇瓷器和舌尖上的中国，一个和我聊中国历史中国股市，我表示回去要好好学习中国历史，否则下回都没有聊天食材。这些年的旅途遇上太多有深刻思想的人，让我有更多的动力去学习新知识补充能量，感恩！

毕加索的现代艺术

📍 Madrid,Spain // 40°23′00″N,03°43′00″W

在马德里生活了一年有余，唯一的遗憾就是不曾去领略过毕加索的现代艺术，2 年后重回马德里，索菲亚王后博物馆是一定要去的。逛完大半个博物馆后，我和同行的校友开始讨论毕加索的现代艺术。

现代绘画艺术用非常规的几何画法，更夸张更虚化地表现现实场景。这种突破主流的艺术形式在毕加索这里被用得炉火纯青，他把一切都敲得支离破碎，然后重新整合，赋予它们新的生命。20 世纪还没有谁像毕加索一样，获得如此彻底的创作自由。而毕加索是第一位活着看到自己的作品卖出天价的艺术家，也是第一位活着看到自己的作品进入蓬皮杜的艺术家。

毕加索绘画艺术的现代性不仅仅表现为他解放了绘画的形式，更重要的是他敲开了禁锢人们思维的枷锁，告诉人们艺术还可以这样，生活还可以那样。从某种意义上来说，他是现代生活的一个 idol（偶像），他引领了一种潮流，转换了一种思维方式，改变了一种生活态度。这才是毕加索的现代和伟大！

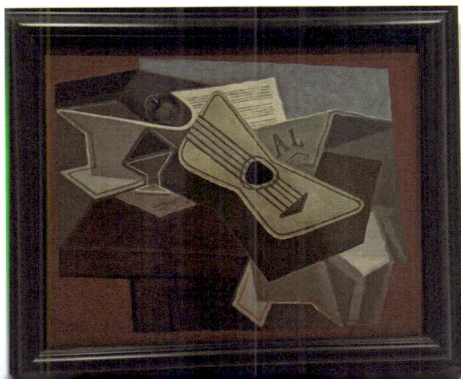

263

法雅节

📍 Valencia,Spain

鲜花节

📍 Cordoba,Spain

一路向北
西班牙的火腿、橄榄油和红酒

📍 Andalusian,Spain   //   37°23′51″N,05°59′03″W

　　夕阳西下，从安达卢西亚的格拉纳达坐车回马德里。一路的橄榄树、葡萄树、小麦，郁郁葱葱，晚霞无比瑰丽地把地平线染上金边，让人情不自禁地爱上这个国度。在大部分国人的心目中，除了古老的斗牛和足球，对西班牙的印象大概就是高失业率不太发达。当我们走在马德里的街头，它确实不太像一个国际大都市，所以小伙伴们俗称其为"马村"。

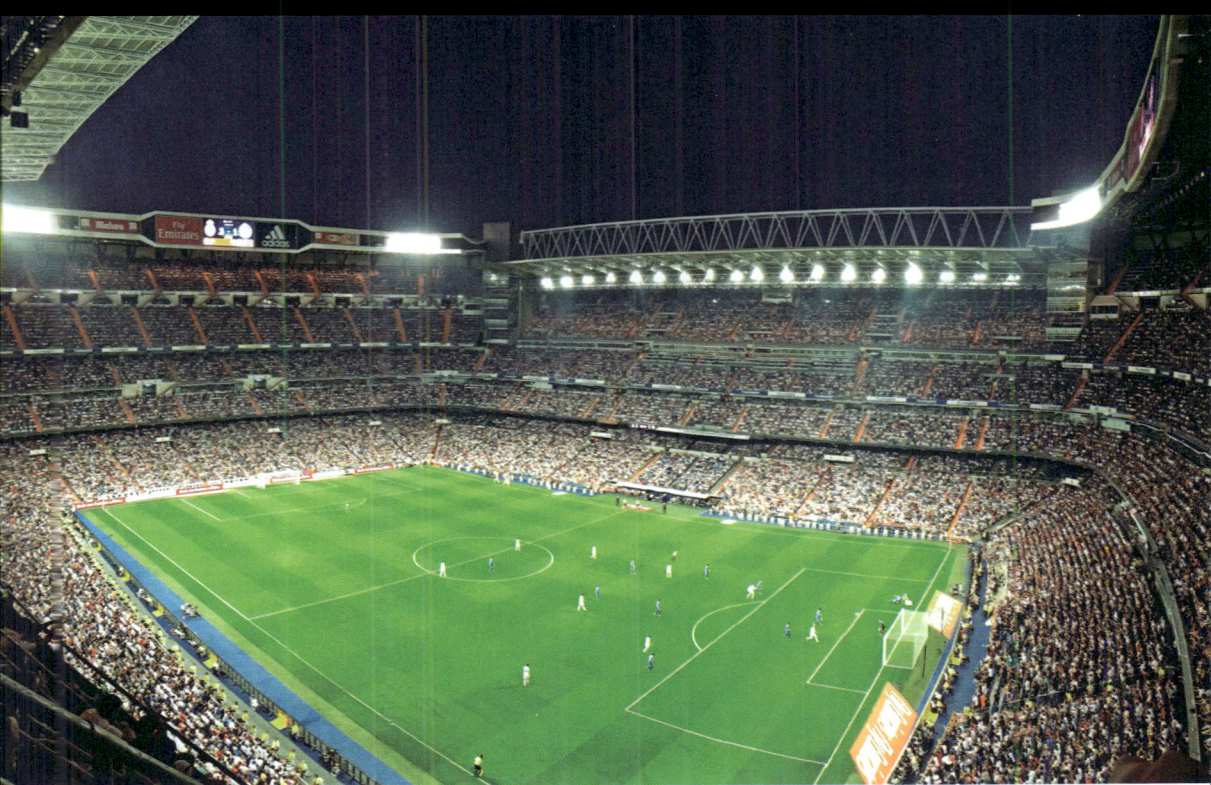

　皇马足球俱乐部应该是最为国人熟悉的西班牙"地标"，谁要听说我在马德里留学，都会投来羡慕的眼神，因为他们觉得能经常去皇马看球是件很幸福的事情。而我是个货真价实的伪球迷，想当年若不是高中同桌天天跟我唠叨"皇马五虎"，"劳尔"，"贝克汉姆"，后桌天天呼喊"范尼斯特鲁伊"，我还真心不知道这支世界知名的球队。其实在西班牙看球是非常流行的平民娱乐活动，就像我们去唱个卡拉OK一样。一般的工薪阶层每年都愿意花掉几千欧元去看球赛，他们对足球的狂热可以在日常交谈中明显地感受到。即使在商务场合，若能聊上几句足球也可以多增添几分亲和力。

　当我们在这个国家多生活过一段时间后，就越发感觉这里拥有深厚的历史积淀和文化底蕴。西班牙是一个联合王国，每一个省份都有自己的旗帜，有很多颇具特色的节日，比如瓦伦西亚的番茄节和法雅节，北部的奔牛节，科尔多瓦的鲜花节。

　西班牙是一个非常包容的国家，马德里的Chueca区是欧洲最受欢迎的同性恋酒吧街之一；西班牙是个非常热情的国家，人们友善而奔放，就像地中海的阳光与海滩一样热情火辣；西班牙也是一个建筑博物馆，整修了百年之久的圣家族大教堂、没有一条直线的米拉之家、富

丽堂皇的马德里皇宫、闻名于世的帕劳音乐厅；西班牙也是一个令吃货神往的国度，地中海的海鲜饭、北部巴斯地区的 Pinchos（西班牙小食）、西式油条 Churro、南部特级初榨橄榄油和葡萄醋调配的沙拉，还有我最最惦念的伊比利 (Iberico) 黑猪火腿。

　　世界橄榄种植集中在西班牙、意大利、希腊、土耳其等地中海沿岸国家，而西班牙橄榄油的产量和出口量占世界总量的50%，故也被誉为"世界橄榄油王国"。"投资并购"的教授可能因为觉得中国市场机会大，热情地介绍我们几个中国学生给橄榄油庄园和伊比利黑猪农场的人。一个周末，我们几个租了辆车开往西班牙南部的橄榄油庄园。

　　农场主亲自带我们参观了橄榄种植园和橄榄油生产车间。他说他的家族产业现在由第三代成员继承，共有 13 位。每位成员掌管一个产品，他已经掌管其家族橄榄油庄园 30 余年。对于橄榄油，这位年过六旬的老头有说不完的门道。

　　橄榄也有很多不同的品种，通常青色的青草味会更加浓郁，而呈紫红色的相对成熟且味道偏淡雅，国人一般情况下更加喜欢味道淡雅些的。我们几个都是第一次在欧洲实地参观橄榄收割，有点兴奋。首先，农工们把黑色的网铺在地上，再用一个庞大的机械车夹住树干，利用机械动能震动树干，树就像触电了一般抖动，一颗颗橄榄就从树枝上不断地掉落到黑网上。然后，农工们

用树棍不断地敲打橄榄树，因为树枝上还有未被震下来的残余橄榄。最后他们用另外一台大机器把装满橄榄的网兜拖到卡车里运回生产基地。

　　工人们把收割回来的初级产品倒入一个大漏斗，用多极传送带进行初次筛选，使得多余的树枝和树叶能与果实分离。筛选完后橄榄果子通过传送带进入物理压榨车间，果实被压榨后

再进行橄榄油提炼。新鲜出炉的橄榄油芳草香特别强烈，那种浓郁新鲜的味道与天然的蜂蜜带给人的满足感如出一辙。

在西班牙一年多的时间里，我从完全不碰掺有橄榄油的色拉，到深爱上橄榄油那青草加果味的特殊香气。也许喜欢上某些东西需要一种过程，或许开始不爱到最后还刻骨铭心呢。

话说火腿在一开始也被我嗤之以鼻，被定义为腌制食品后就打入冷宫。只因为在西班牙的重要场合里必有火腿的身影，我才慢慢学会享受这种奢侈品。最终，我对伊比利火腿情有独钟，从叫唤"太难吃"到常常念叨"我又想吃火腿了"。西班牙的伊比利火腿贵为欧洲九大传奇食材之一，上好的伊比利火腿是用来单吃配酒的，将整片放入口中慢慢咀嚼，或配小条状的饼干、核桃或奶酪，超赞！火腿的切工十分讲究，要切得很薄，最好每片都近乎透明。

伊比利黑猪农场的老伯说：我们有 1200 英亩的农场，年产值 200 万欧元，我们的黑猪是用特殊的橡木果喂养长大且不配任何饲料。因为整个农场的黑猪是野外放养，我们只能坐在越野车里欣赏它们的悠闲生活。看到只有 9 个月大的小黑猪，矫捷的身姿让我改变了对猪奔跑速度的错误认知。一路看着不同月份的黑猪，心里祈祷着：猪猪啊，不要长大，长大了你就会被送去屠宰场。

这样偌大的农场，仅有两个场工打理，加上一部农用机械车和一辆散发着猪粪味的旧三菱越野车，就能搞定农场大小事务，不得不佩服他们的管理效率。老伯说：去年的火腿行业和红酒行业一样都存在很大的泡沫。从 2008 年到 2010 年，西班牙市场上充斥着各种各样的火腿。伊比利黑猪火腿贵为最顶级的火腿，用纯种黑猪风干而来，每年只有 4 万头的产量，占整个市场份额的 1%；而白猪火腿 (Serrano) 能占到 80% 的市场份额；黑白猪杂交品种的火腿占到 19% 的市场份额。这类火腿的客户主要来自北部有钱的巴斯克地区。

火腿行业也是个重投资的行业。因为黑猪要饲养到 20 个月才能送屠宰场，且还有额外的 23 个月的风干期，有些优质的火腿风干时长会达到 3 年。这个行业平均的投资回报周期为 5 年，但对比 1 万欧元一只火腿的诱人价格，还是吸引着诸多投资者。

红里透白丝的火腿，当然得配上一杯红酒。或许拉菲和波尔多在中国耳熟能详，但其实西班牙的红酒一点也不逊色于法国红酒，因为西班牙也是历史悠久的酿酒大国，且红酒业有严格的产区等级管理，尤其是西班牙中北部的里奥哈红酒产区。找了个葡萄快收割的季节，三位女生租了辆闷骚的甲壳虫，从马德里一路向北。

在这个几乎天天阳光普照的国度，不时地停下脚步，在某个小镇享受一杯咖啡成了一种理所当然。当我们喝完咖啡准备离开时，德国妞倒车时一不小心把轮胎卡在了沟里，还没等

我们三个大喊"Ayuda"（西语：救命帮忙），一位老人看到了，就连忙喊了其他 8 位老人出来帮我们抬车，让我们一德国人、一日本人和一中国人在异国他乡感激涕零。在这个国家的乡村体验越多，就会越喜欢这个历史悠久人民热情的王国。

参观酒庄也是为了了解制酒的过程，学习品酒。红酒的质量取决于葡萄产地，因为土壤质地、山地纬度与气候光照都影响着葡萄的质量。当然酿酒的工序、橡木桶的产地及储藏时间也对酒的口感影响甚大。有些红酒罐装后预售前仍需存放一定的时间。用不同大小或形状的酒杯品酒，其颜色密度的呈现，芳香与口感都略有不同。

4000米高空的
纵身跃下

📍 Toledo,Spain　//　39°51'24"N,04°01'28"W

马德里的蓝天，我还没来得及仰望你的魅力，就在 4000 米的高空零距离亲吻你。我还未来得及感到害怕，已在高空做自由落体运动 50 秒，天旋地转的感觉不太美妙，不过倒是真真切切感受过了生死走一回。当我落到 1500 米高度，伞包打开，慢慢飘荡于天空，俯瞰身下一览无际的平原和芸芸众生，这种"上帝视角"真是一种享受。

只因前段时间一朋友偶然间提到他体验了跳伞非常有意思，我就随口和委内瑞拉的同学附和说也想试试，最后印度、韩国、以色列的同学也跃跃欲试。说干就干，我们找了个周末

租了辆小车，从马德里奔袭 100 公里外的托雷多跳伞基地。

　　我们在准备室里整装待发，那一刻只有兴奋没有任何的恐惧，教练让我们练习跳伞那一刻的动作，反复强调空中飞行以及落地时的注意事项。我们也豁出去了，就把小命托付给这些久经沙场的职业跳伞手了。每个人还要了个摄影师来记录这辈子都不敢再尝试的瞬间。

　　一架小型军用机改造的飞机载着我们飞向了 4000 米的高空，看着仪表盘的数字变化，窗

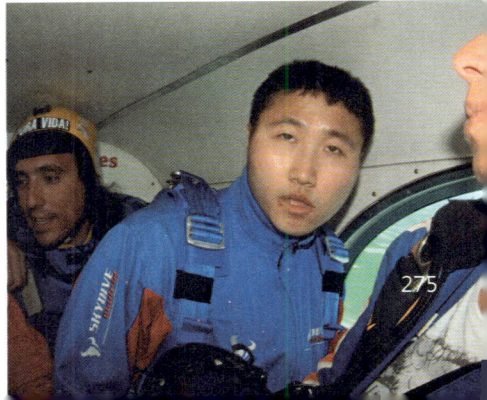

外的田地越来越小，那一刻才开始感到害怕，都有种"上了贼船"的感觉。每个人都沉默着，忐忑的心情全写在脸上，尤其韩国同学脸都开始发白。

我们和教练是捆绑在一起的，我还没来得及打退堂鼓，教练已经开始把我往前推。因为我坐的位置是安排第一个跳机的，或许这也是更好的选择，可能第一个纵身一跃瞬间的惨叫会让后跳的同学更加惶恐！

没有犹豫的时间和空间了，整个人已经坐在飞机的机舱门口做准备动作。

跳伞的那一瞬间

教练打开了小伞包，估计是缓冲我们下降的速度

纵身一跃的瞬间，我的脑袋唰一下一片空白，只知道紧闭双眼，听着劲风从耳畔呼呼刮过，感受到身体的每一个部分都在垂直下落，完全没有胆子想象我正在 4000 米的高空做自由落体运动。

飞翔了 15 分钟之后，我们终于调整伞具降落！踏上坚实土地的那一刻，心里只有一个念想：哇！我还活着，这辈子再也不跳第二次了！而我的印度同学激动地说：This is the best feeling in my life！（这是我这辈子最好的体验！）

摄影师一直在对面用手势比划让我对着镜头摆姿势，可是我还沉浸在惶恐之中

我们开始打开滑翔伞包，眼底下的小城就是 16 世纪西班牙的都城，托雷多，也是世界文化遗产之一

"写给未来的自己"
裂变效应

📍 **Madrid,Spain** // 40°23'00"N,03°43'00"W

～～～～～～～～～～～～～～～

回到母校参加了多届学生的联谊运动会，毕业两年的我从在读学生充满朝气的脸上真切感受到只有学生时代才能散发出的青春气息。本来以为我是 2013 届校友够老了，结果我还碰上了 2006 届的校友。母校以学生的多样性和企业家精神著称，有近百个国家的校友。我们发现每届不同国籍新生的数量权重是与各国经济状况同步相关的。2015 年，日韩同学数量明显减少，因为经济不好的情况下日韩公司赞助学生来读书的越来越少；中国学生数量比较稳定因为中国经济这几年发展比较平稳；美国、印度和非洲地区的学生就比往年多，想必与美元的坚挺、非洲经济的崛起密不可分吧！

回到 MM31(教学楼门牌号) 准备拍照留念，就顺手抓了个在读的印度同学帮忙。随口问了句："How is MBA life ?" （你的 MBA 生活怎么样？） 我估计他和我当年一样，读到一半都快读吐了，他说："你还愿意回来自习？" 我笑笑说："等你毕业了，你才知道你有多么想念这里，这里的学习会带给你多少未来。"

记得在学习 MBA 中期时，我曾写下这样的一篇日记：

不就是难熬的一年吗 现在都过去一半多了，剩下的5个月我一定要好好学习.加油，加油，晨曦！一定可以熬过去的.如果自己都不给自己打气，那还有什么能让你坚持的呢？无论有多么不自信，无论在外遭受不少不公平，未来是自己的.如果自己不努力不奋斗，在唉声叹气中时间很快就会过去.阿塞拜疆的同学下午与我10分钟的谈话敲醒了我.他说"像你这个年纪，差不多也是10年前的我，也很任性，不在乎这个不在乎那个，不想学那个不想学这个，但是任何现在学的东西未来不定哪天就用上了.如果你想玩那就选择可以玩的学校，不用来又贵又辛苦的学校.你想，就一年，这一年后你不可能像现在这样安静地坐下来，一点一点认真地学习.如果你认真学了，一年之后的你学术水平和其他素养都会上到另外一个层次，这就是顶级商学院可以给你的.如果你觉得太辛苦，现在就完全可以转到其他学校，何必又浪费钱又浪费时间，我相信你可以的，小晨曦！"

来了马德里这么久，第一次认真地听同学和我讲这些，对我触动很大.不是不努力而是努力得很辛苦，有了这个没了那个，最后乱了手脚.在时间精力有限的情况下不知道到底先要哪个，所以需要静下心来做好时间管理，耐心把那些20多页的案例，每天3个一个个读完.我相信，如果每一个认认真真地啃过去，阅读速度绝对会加快.现在还有5个月的时间.今天下集，给自己定力，fighting（加油）！

一路过来，已有7个半月，就像坐过山车，自信、态度、精力都是起起伏伏，这种日子真的只有经历了才刻骨铭心！

一个人在外的孤单，繁重的课程压力，语言和学术背景的弱势，年龄的差距，让我对这一年的留学生活充满迷茫.就像红军两万五千里长征才刚刚开始.有时候像打完胜仗满心欢喜，有时候饿了好久困了好久想要放弃.或许就因为这种种的挑战，让我需要一个人去面对各种困难与失落，一个人去思考自己的过去、现在与未来.长大总是需要付出一些代价，今天挥洒的汗水和泪水，会让明天的我感谢今天努力的我，不要后悔不要回头，奔跑吧，未来属于你！

毕业两年的时光告诉当年的"我"：时间会见证一个人的成长，社会会给予努力的人应有的回报，市场会给予努力的结果相应的肯定，失望与无奈只是你奋力前行中沿途的风景。

不同的议会大厦与市政厅

比利时布鲁日

挂着"欢迎难民"条幅的马德里市政厅

多瑙河畔的匈牙利市政厅

丹麦哥本哈根

不同的河流

多瑙河畔的链子桥（匈牙利布达佩斯）

沃尔塔瓦河上的美景（捷克布拉格）

塞纳河上的埃菲尔铁塔（法国巴黎）

伦敦眼下的泰晤士河（英国伦敦）

杜罗河边上的酒庄（葡萄牙波尔图）

巴拿马运河（巴拿马城）

不同的主食

摩洛哥蔬菜烩小米

俄罗斯莫斯科红豆黑米饭

西班牙海鲜饭

印度长米炒饭

瑞士芝士火锅

意大利佛罗伦萨披萨

墨西哥肉卷

韩国首尔石锅拌饭

埃塞俄比亚大饼英吉拉

不同的肤色与笑脸

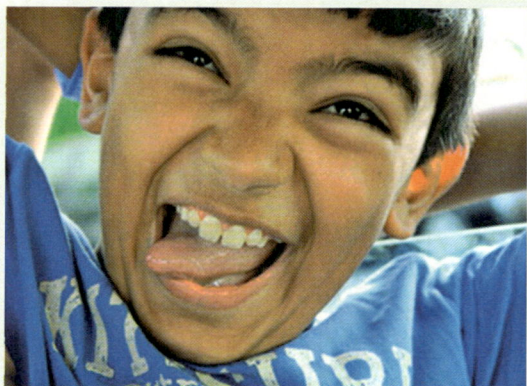

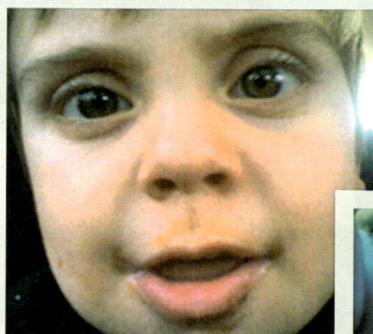

后记

2013 年某天，与一位在华为工作的前辈蒋哥喝咖啡，他说，虽然这 20 年我走过的国家也很多，但是我都没有记录下来，而很多感觉当时不写下，过了也就过了。自那次后，我开始习惯用面包旅行随手记录旅途中的点滴，也为此书的素材保留了最初的原汁原味与心情感悟。到了 2015 年初，蒋哥在我拉美之行的朋友圈直播留言：你应该可以写一本书了。从 2 月到 12 月，我陆陆续续地整理完成了初稿。

出书，对于新手的我可谓全新的行业。我和年轻设计师徐承先生，从排版风格的研究，照片的选择，到版式的调整，用了整整 1 个月的时间完成了第一稿样书。2016 年的春节开始，朋友卢荟羽小姐基本每天陪伴我泡在咖啡厅 14 个小时，一泡就是 1 个月，我们从出版行业流程、旅行书籍现状、同类书流派、社交媒体模式、多媒体类型一个主题一个主题啃过去，使出吃奶的力气完成了书的基本定位。2016 年 3 月，有幸碰上了湖南人民出版社的姚晶晶编辑，她温柔与灵性的文风融合我这理科生的逻辑与锐气，可谓是我的幸运，也才有最后的作品。

除此之外，感谢陈婷、喜姐、顾苏银、邓春鹏、谭乐、何广来、巍诚、蒋丽丽、萱佳嘉对本书完善过程中的深情建议与帮助；感谢人生导师陈朝益先生在我从环球旅途的开始到写书的这 7 年各大人生转折点给予的引导、鼓励与陪伴，他是我前行路上的明灯。

一路旅途，人家看我一个小姑娘家家都愿意帮助我。我说过，如果哪天我真有机会写书了，你们都会是各个故事的主人公。

在墨西哥每天带我领略当地文化还请我吃饭的西语同学；在墨西哥城出租车惊魂之后安慰我的当地警察；在古巴深夜送我回家的移居加拿大的上海夫妇；在多米尼加带我私访海地人贫民窟的美国记者；在巴拿马帮我跑前跑后办签证的黎巴嫩朋友；在哥斯达黎加带我四处找无线网络的日本驴友；在莫斯科收留我的俄国杜拉拉和在机场偶遇请我坐地铁的姑娘；在克里姆林宫外的雪夜里陪我找餐厅的俄国小伙们；在莫斯科机场候机厅内当我鼻血肆虐时帮助我的俄国老头；在纽约陪我暴走曼哈顿的朋友与收留我的香港老太；在吉隆坡为了我的安全深夜送我回唐人街酒店的第三代华侨；在圣保罗被持枪抢劫后安慰我的中餐馆老板娘；在巴塞罗那忘带酒店住址时出手相助的香港餐馆老板；在加德满都老广场陪我找酒店的马来和韩国哥们；在达卡机场给我鼓励与建议的奥地利老头；在斯德哥尔摩机场被辱后深情体谅我的警察大伯们……

不管此时你们在世界的哪个角落，都有我发自远方的祝福。

最后，我想感谢我的家人，有了你们的付出与开明才有我这 28 年自由且精彩的生活，你们给了我时间与空间，韧性与勇气去追逐自己的梦想。从今天起，我会更多地分担起应有的责任，也希望带你们去看世界更多的风景。

P.S. 特别鸣谢面包旅行对本书的大力支持，更多精彩与花絮请各位看官移步我的面包旅行主页（扫下面的二维码），或许那里会是曦游记 2.0 诞生的地方。

晨曦于 2016 年 6 月。

格拉纳达
西班牙

松恩峡湾
挪威

塞维利亚
西班牙

新德里
印度

巴塞罗那
西班牙

赫尔辛基
芬兰

CHELSEE
JOURNEY

香港
中国

纽约
美国

马德
西班

达卡
孟加拉

伊斯坦布尔
土耳其

科尔多瓦
西班牙

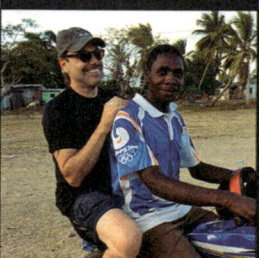
圣多明各
多米尼加

马德
西班

哥尔拿

拉卫特
摩洛哥

拉各斯
尼日利亚

撒哈拉
摩洛哥

斋普尔
印度

感谢沿途的驴友和各国的朋友

迈阿密
美国

马德里
西班牙

圣何塞
哥斯达黎加

里
牙

墨西哥城
墨西哥

亚的斯亚贝巴
埃塞俄比亚

圣何塞
哥斯达黎加

莫斯科
俄罗斯

米兰
意大利

贝加莫
意大利

诺曼底
法国

里斯本
葡萄牙

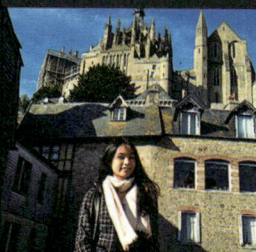

帕伦
墨西

瓜达拉哈拉
墨西哥

隆德
瑞典

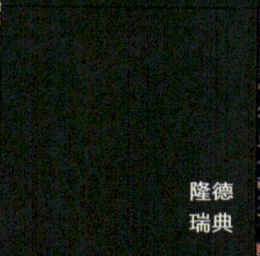

圣巴斯蒂
西班

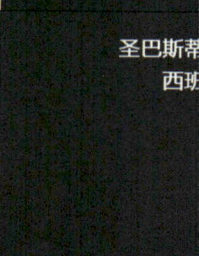

波兰与白俄罗斯交界

洛桑
瑞士

圣托里尼
希腊

贝尼多姆
西班牙

马德里周边雪山
西班牙

开罗
埃及

柏
德

格雷梅
土耳其

拉科鲁尼亚
西班牙ZARA总部

博德鲁姆
土耳其

托雷多
西班牙

坎昆
墨西哥

马德里
西班牙

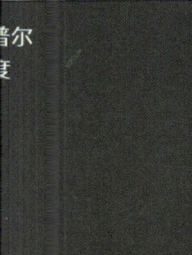

尔
度

戴维
巴拿马

马尔默
瑞典

图尔
法国

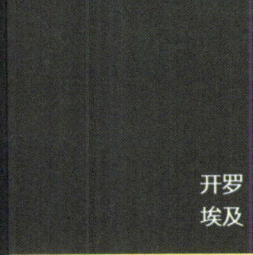

开罗
埃及

隆
拿马

塞戈维亚
西班牙

马赛
法国

图书在版编目（CIP）数据

曦游记：换一套生活剧本，演一场旅行电影 / 晨曦著. —长沙：湖南人民
出版社，2016.7

ISBN 978-7-5561-1418-4

I.①曦… Ⅱ.①晨… Ⅲ.①游记—作品集—中国—当代 Ⅳ.①I267.4

中国版本图书馆CIP数据核字（2016）第140048号

曦游记：换一套生活剧本，演一场旅行电影

著　　者	晨　曦
责任编辑	姚晶晶
封面设计	吴颖辉　李玲彬
内页设计	徐　承
插　　画	雷彦雯

出版发行　湖南人民出版社〔http://www.hnppp.com〕
地　　址　长沙市营盘东路3号
邮　　编　410005

印　　刷　长沙市雅高彩印有限公司
版　　次　2016年7月第1版
　　　　　2016年7月第1次印刷
开　　本　710 mm × 1000 mm　　1/16
印　　张　20
字　　数　384千字
书　　号　ISBN 978-7-5561-1418-4
定　　价　48.00元

营销电话：0731-82683348　　（如发现印装质量问题请与出版社调换）